Beth Greene

L'éveil de la sorcière - 2

La Déesse Hibou

Impression / Éditeur : BoD – Books on Demand,
Norderstedt.

ISBN : 9782322128389

Dépôt légal : janvier 2019

PROLOGUE

Au centre de la clairière, l'air se mit à vibrer. Un nuage sombre se formait sous ses yeux embués. Elle revenait. Enfin, elle revenait. Quand le brouillard noir se dissipa, Moira tomba à genoux en signe de dévotion. Devant elle se dressait une silhouette haute de deux mètres portant une longue robe. Celle-ci semblait faite de plumes ocres sur lesquelles la lune faisait naître des reflets changeants, les rendant tantôt noires tantôt vermillon. Le bas de la robe laissait dépasser une paire de serres aussi grosses que des pieds humains. Les longues manches dissimulaient les bras de la créature mais ses mains aux ongles longs et acérés comme des griffes étaient bien visibles. Surmontant l'étrange silhouette, une énorme tête de hibou jetait un regard sévère sur Moira. Celle-ci resta à genoux et baissa le regard en signe de soumission. Les larmes ruisselaient sur ses joues. Dans sa tête une puissante voix féminine lui ordonna de se rapprocher. Moira obéit, rampant jusqu'au monstre qui la dominait de toute sa taille. Elle lui baisa les serres et enfin releva la tête, plongeant son regard dans les yeux de rapace de sa maîtresse. Le temps se figea et la voix lui parla longuement. Puis, la chose mi-humaine mi-hibou disparut, se transformant en brume sombre dans la nuit claire. Moira prit quelques secondes pour se remettre de l'expérience puis se retourna. Une dizaine de femmes de tous âges se trouvaient derrière elle, toutes à genoux et en larmes. Moira sourit à ce spectacle car enfin, le culte de la Déesse Hibou allait renaître.

PREMIERE PARTIE

Initiations

8

CHAPITRE 1

La main droite de Sonia la démangeait. Elle sentait les brûlures infligées par la pierre runique, chacune d'entre elles. Elle les visualisait, connaissant l'emplacement de chaque signe étrange à jamais gravé dans sa peau. Son esprit divagua alors jusqu'à ce jour maudit où l'adepte de la Mère Première l'avait attaquée. Le souvenir douloureux s'imposa à son esprit : les yeux fous de Martine Sanoise ou quel que fut son vrai prénom, sa détermination à la tuer, les coups, la peur, la douleur et Johanna. Sonia fronça les sourcils dans son demi-sommeil. Non, c'était trop. Elle secoua la tête en se remémorant l'arrivée de Damien et la fuite de Martine Sanoise par la fenêtre. Celle-ci avait sauté du premier étage et avait disparu dans les airs. Comme par magie.

Sonia ouvrit les yeux.

Le soleil l'éblouit, la ramenant brutalement à la réalité. Une réalité bien plus douce que les cauchemars où elle se perdait encore facilement.

La jeune femme reprit peu à peu ses esprits, se concentra sur sa respiration et maintint ainsi le contact avec le réel. Elle remit ses lunettes de soleil, retrouva à tâtons la capeline qu'elle avait posée à côté de sa chaise longue et l'ancra fermement sur sa tête. Les sons environnants la rassurèrent : Johanna riait aux éclats dans la piscine alors que Jean l'éclaboussait, une légère brise soufflait dans les arbres, les oiseaux chantaient. Sur sa droite, Damien discutait avec Nathalie et Alicia Herbert, des glaçons faisaient tinter des verres. Vacances. Repos. Soleil. Tout allait bien. Mais tout n'était pas normal pour autant.

Quelques mois auparavant, Sonia avait passé plusieurs jours à l'hôpital suite à l'attaque de sa patiente. Heureusement, ses blessures étaient légères et les coups de poignard qu'elle avait reçus sur la poitrine et les bras cicatrisaient bien. Mais l'attaque de Martine Sanoise avait révélé à Sonia une chose qu'elle ne soupçonnait pas : elle avait fait preuve de courage. Elle s'était défendue, elle s'était battue. C'est ce que lui avait répété Jean en boucle alors qu'il la veillait. Ce n'était pas certainement pas l'avis de certaines infirmières qui se demandaient à mots à peine couverts comment une *grosse* avait pu se battre avec une femme armée d'un couteau. La présence de son meilleur ami avait été une bénédiction. *Je peux bien positiver, j'ai failli y passer quand même...*

Sonia avait fini par retrouver son appartement, avec beaucoup de soulagement, mais impossible de reprendre son activité de psychologue avant plusieurs mois. Son cabinet avait été fermé pour les besoins de l'enquête de police (qui évidemment ne déboucherait sur rien, Damien Mirisse s'en était assuré) mais surtout elle n'était pas capable d'y remettre les pieds. Le voir saccagé, affronter aussi brutalement le souvenir de l'attaque, sentir de nouveau la pierre s'enfoncer et disparaître dans la tempe de Martine Sanoise... Sonia frissonna en y repensant. Quelle sensation étrange et douloureuse. Le médecin qui s'était occupé d'elle lui avait affirmé qu'aucune opération ne pourrait rendre sa paume vierge. Depuis la cicatrisation de sa main droite, anormalement rapide, Sonia portait constamment un gant. Elle en avait acheté de plusieurs couleurs, en tissu léger pour les mois chauds. Ce n'était pas tant aux autres qu'elle cachait sa main qu'à elle-même. Et au diable sa coquetterie habituelle, quelle que soit sa tenue, elle porterait toujours un gant, comme en ce jour ensoleillé : maillot de bain deux pièces à la mode, capeline ivoire, lunettes de soleil, gant en popeline noire remontant sur le poignet. Elle ne le retirait que la nuit, histoire de laisser respirer sa peau. Passer de la crème sur les marques la laissait au bord des larmes. *J'aurais mieux fait de carrément me faire amputer...*

Sonia essaya de chasser ces idées noires. Elle était en train de prendre le soleil dans la résidence secondaire d'Alicia et Nathalie Herbert, dans un petit village caché dans les Pyrénées Orientales. Les Herbert avaient rapidement trouvé leur place dans l'entourage de Sonia. La détermination d'Alicia à traquer la Mère Première avait été décuplée par les récents événements. Elle pouvait s'appuyer sur les pouvoirs de sorcière de sa femme mais également sur un extraordinaire réseau de contacts et un certain confort financier. Sonia avait accepté de profiter de leur offre pour se reposer mais surtout pour garder un œil sur sa fille qui allait apprendre à contrôler ses pouvoirs grâce à Nathalie.

Sonia s'inquiétait beaucoup pour Johanna. Faire face au « supernaturel » était une chose difficile à accepter mais comment nier l'évidence ? Découvrir que sa propre fille avait des pouvoirs paranormaux dépassait l'entendement et la terrifiait. Elle espérait avoir fait le bon choix en permettant à Nathalie de travailler avec Johanna, non pas pour développer ses dons mais bien pour les comprendre et les maîtriser. Mais comment pourrait-elle grandir normalement ? Peut-on retourner apprendre à lire et à compter alors qu'on est déjà capable de sortir de son corps pour visiter des mondes qui n'existent pas ?

Sonia laissa de côté ses préoccupations quand Johanna vint se coller à elle. Trempée et hilare, la petite cherchait à échapper à Jean. Elle enfouit sa tête dans la poitrine de sa mère en pouffant de rire. Sonia la serra contre elle et sentit le parfum de crème solaire qui se dégageait de sa peau. La jeune femme s'en emplit les poumons : voilà une odeur familière, un bout de réalité toujours bon à prendre. Jean était sorti de la piscine et vint s'asseoir à côté d'elles. Sa peau pâle rougissait dangereusement au soleil.

— Tu viens faire trempette Sonia ? demanda-t-il.

— Hum non... Demain peut-être. De toute façon, on a pris trop de soleil et on a pas goûté !

Tu dois avoir faim mon poussin, non ? dit-elle en s'adressant à Johanna.

— Je veux une glace ! Nathalie a dit qu'on aurait des glaces ! répondit la petite brune.

Sonia se leva en adressant une grimace comique à Jean, noua un paréo autour de sa poitrine et prit Johanna par la main. Elles se dirigèrent vers une petite terrasse au bout de la piscine : le couple Herbert et Damien y étaient attablés sous un large parasol. Sonia prit une chaise et se mêla à la conversation, laissant Nathalie gérer les caprices de Johanna. Elle avait proposé de la glace, très bien, qu'elle s'en débrouille.

Quelques minutes plus tard, Johanna dégustait une boule à la pistache et des biscuits secs. Quand elle était absorbée par son goûter, le monde semblait ne plus exister autour d'elle. Les adultes en profitèrent pour discuter.

— Alors Sonia, arrivez-vous à vous reposer aujourd'hui ? lança Alicia Herbert.

— Les cauchemars ne sont plus aussi fréquents, heureusement... J'arrive à passer des nuits correctes ici. C'est tellement calme…

— Oh nous n'avons pas acheté cette villa par hasard, la coupa Alicia. Son emplacement est idéal pour le repos, aux confluents de plusieurs lignes telluriques de... bonne qualité, dirai-je. Mais Nathalie pourra vous expliquer tout cela mieux que moi.

— J'avais promis que le moment venu, je vous montrerai la source qui est au fond du jardin intervint Nathalie. Elle est cachée derrière le petit bouquet d'arbres que vous voyez au fond. Demain soir, ce sera parfait avec la pleine lune.

— Vous allez nous faire profiter d'un rituel magique ? intervint Damien, en faisant tourner les glaçons dans un verre de soda.

— Exactement, répondit Nathalie. Quelque chose qui nous fera du bien, nous apaisera et liera encore plus notre petit groupe.

— C'est quoi tellurique, maman ? glissa Johanna.

— Les lignes telluriques, ce sont de grands chemins magiques, plein d'énergie qu'on ne peut pas voir avec les yeux, répondit Nathalie. Ils sont sous la terre, là, sous nos pieds. Si on se concentre, on peut les sentir et s'en servir. Mais je t'apprendrai ça, ne t'inquiète pas.

— Vous lui faites une parfaite formation de petite sorcière, dit Sonia, amère.

— Je connais vos réticences ma chère Sonia, mais souvenez-vous que vous pouvez partir d'ici dès que vous le souhaitez, dit Alicia. Nathalie veut simplement offrir à Johanna la possibilité de comprendre ses dons et de s'en servir à bon escient.

— Johanna, si tu as fini de goûter, va remettre ton t-shirt et un chapeau s'il-te-plaît. Mets-toi à l'ombre pour jouer ou lire, dit Sonia, tentant d'éloigner sa fille de la conversation.

— Je l'accompagne, dit Jean, sentant la discussion s'envenimer entre les deux femmes.

Alicia et Sonia se faisaient face. Nathalie observait la situation de ses yeux de chat tandis que Damien attendait patiemment que le conflit se termine. Certes, Sonia avait accepté cette « formation » mais elle avait posé ses conditions. Ne comprenant rien à la magie, elle ne pouvait s'empêcher de penser que Nathalie en apprenait bien plus à Johanna qu'elle n'aurait dû. C'était sans compter sur Alicia, dont la haine et la fascination pour la Mère Première pouvait la pousser à tous les excès. Y compris se servir de Johanna. Sonia n'était pas dupe. Elle avait parfaitement compris que les pouvoirs de sa fille exigeaient d'être maîtrisés mais son instinct lui soufflait que le couple Herbert pouvait tirer partie de la situation pour ses propres intérêts. Aussi, la psychologue restait prudente. Et puis, elle était jalouse de la complicité qui s'était créée entre les deux sorcières, la maîtresse et son apprentie. *Toujours par deux, elles vont...* Exclue de cette relation, Sonia ne savait pas comment gérer ses sentiments. Elle ne devait pas laisser ses émotions prendre le dessus.

Damien mit fin à la tension en proposant d'ouvrir une bouteille de rosé. Nathalie et lui quittèrent la terrasse, laissant Alicia et Sonia souffler un peu. Depuis qu'ils s'étaient installés tous les six dans la maison de vacances, l'atmosphère était étrange, oscillant entre parfaite sérénité et tension à couper au couteau. Nichée sur les hauteurs d'un petit village des Pyrénées, la villa était accessible par un chemin de terre dont la pente était assez raide. La bâtisse en pierres grises était un grand bloc imposant avec un étage et un grenier tapi sous des tuiles rouges. Devant, un terrain poussiéreux permettait de garer plusieurs voitures mais à l'arrière de la maison les Herbert cachaient leur petit bout de paradis : une piscine et un grand jardin à l'abri des regards. Celui-ci était aménagé en terrasses, en coins et recoins et regorgeait de fleurs, d'arbustes et de bosquets. Les deux premiers paliers accueillaient de véritables jardins botaniques où Nathalie faisait pousser des plantes élémentaires en sorcellerie et en médecine douce. Si l'on tendait l'oreille, on entendait un ruisseau couler mais impossible de le localiser. C'était là la fameuse source dont les Herbert s'enorgueillissaient. Le couple n'avait d'ailleurs pas indiqué comment cette maison leur était revenue ni qui entretenait le jardin tout au long de l'année. Nathalie avait laissé entendre qu'il s'entretenait très bien tout seul... Une aura de mystère entourait cet endroit. Il y aurait été très facile d'y perdre la notion du temps.

CHAPITRE 2

Cette nuit-là encore Sonia se réveilla, sentant sa fille se nicher contre elle. A travers les rayons de la lune, elle vit Johanna frissonner et se glisser contre son ventre nu. Il faisait encore trop chaud et Sonia ne dormait qu'avec une vieille culotte de coton confortable. Si elle avait été chez elle, elle aurait osé dormir nue. *Mais tu n'es pas chez toi ma grande.* Elle passa la main dans les cheveux de sa fille pour la rassurer. Johanna dormait dans la chambre attenante au premier étage. Leurs pièces donnaient sur le devant de la maison. De l'autre côté du couloir se trouvait la chambre de Nathalie et Alicia ainsi qu'une grande salle de bain. Damien et Jean partageaient une autre pièce au rez-de-chaussée. La maison était silencieuse. Sonia entendait des animaux se promener, hiboux, renards peut-être ou simplement quelques chats. Son esprit divagua et se demanda comment elle devrait réagir si un ours venait à faire sa balade nocturne dans le jardin avant de sombrer dans un sommeil sans rêve.

L'esprit de Johanna, lui, ne trouvait pas le repos. Nathalie l'avait mise en garde : maîtriser le voyage astral lui demanderait beaucoup d'énergie et de courage. La première séance avait été particulièrement déroutante. Nathalie l'avait installée au rez-de-chaussée, dans un petit salon aux murs nus et ne comprenant qu'un canapé et deux vieux fauteuils. Nathalie avait laissé Johanna s'installer à son aise et la petite fille avait choisi de s'allonger sur le canapé. Les grandes fenêtres laissaient entrer le soleil de l'après-midi mais la salle restait étonnamment fraîche. Nathalie s'était installée dans un des fauteuils et avait parlé d'une voix très douce à Johanna après lui avoir demandé de fermer les yeux et de respirer profondément. La sorcière lui avait alors expliqué les fondements de la magie et quelques-uns de ses propres pouvoirs. Ce que Johanna pouvait faire de ses dons n'appartenait qu'à elle mais la petite brune était trop jeune pour comprendre le concept de libre-arbitre. Johanna avait écouté avec attention mais tout cela était trop sérieux pour elle. Nathalie lui avait expliqué que la magie était un don exclusivement féminin. Si un homme se targuait d'avoir des pouvoirs magiques, soit il mentait, soit une femme les lui avait donnés lors de rituels impies. Pour Nathalie, il était très important que la magie reste dans les mains des femmes et Johanna devait être fière de ses dons naturels, d'autant qu'ils étaient très puissants.

Malgré tout sa bonne volonté, Johanna avait laissé son esprit se promener. Sans s'en rendre compte, elle s'était retrouvée dans un appartement à Aurac, à des centaines de kilomètres de là. Elle avait vu Chanel, sa petite chatte noire, dormir à même le sol, près d'une fenêtre. Johanna avait voulu la caresser mais sa main était passée au travers de l'animal. Celui-ci s'était immédiatement réveillé, avait bondi sur ses quatre pattes et s'était mis à miauler en tournant en rond. Surprise et apeurée, Johanna avait réintégré son corps.

— Hé bien, Johanna, tu es partie très vite. J'ai essayé de te suivre mais impossible, avait dit Nathalie. Tu es allée loin mais tu es restée dans notre monde. Hum... Dis-moi, est-ce que ça aurait un rapport avec ton chat ?

— Comment vous avez deviné ?

— C'est une de mes capacités de sorcière. Raconte-moi.

— J'ai pas réfléchi et je me suis retrouvée dans l'appartement de Louis, le frère de Jean. C'est lui qui garde Chanel pendant les vacances. J'ai essayé de la caresser mais c'était bizarre. Ça l'a réveillée et elle me cherchait. Elle était triste. J'ai pas aimé.

— Ce n'est pas grave Johanna, mais tu comprends maintenant le but de nos séances. Tu es allée dans un endroit que tu connais, sans le vouloir, parce que tu as été guidée par tes émotions. Moi, je vais t'apprendre à aller où tu veux, quand tu veux et à ne jamais te perdre.

— Me perdre ?

— Oui, si tu vas trop loin ou si tu sors de ton corps trop longtemps, tu prends le risque de ne pas pouvoir revenir. Mais ne t'inquiète pas. Je vais t'aider à comprendre tout ça.

Mais c'était la deuxième partie de la séance qui avait été la plus surprenante. Nathalie avait demandé à Johanna de laisser son esprit voyager dans la maison, de trouver ses occupants et de réintégrer son corps. Elle devait ensuite lui faire un rapport : où étaient les autres, que faisaient-ils et quelles difficultés la voyageuse avait ressenties. Johanna avait facilement trouvé Alicia, Damien, Jean et Sonia. Elle avait été troublée par la vision de sa mère, allongée sur une chaise longue près de la piscine, fumant une cigarette. Elle avait senti sa colère, sa frustration de ne pouvoir assister à cette séance. Mais surtout, elle avait trouvé Marie et Marie l'avait vue.

Nathalie avait mis fin à la séance et renvoyé Johanna auprès de sa mère. Elle s'était ensuite isolée avec Alicia. Car la seule Marie qui aurait pu être dans cette maison était l'ancienne propriétaire de la bâtisse. Elle s'était pendue dans la cuisine des décennies plus tôt.

— Elle a vu le fantôme de Marie Glossel. Je me doutais qu'elle hantait ces murs mais... Bref. Maintenant, nous savons que la petite peut également voir les esprits errants.

— Mais Johanna t'a dit que le fantôme l'avait vu aussi ? avait demandé Alicia.

— Oui, c'est ce qu'elle m'a dit.

— C'est surtout cela qui me préoccupe... Si elle peut être vue par d'autres esprits...

— Je ne peux pas tout lui apprendre d'un coup ! D'autant que ses dons dépassent largement les miens... Et elle n'a que cinq ans !

— Nathalie, chérie, si elle ne maîtrise pas ses pouvoirs rapidement, même un minimum... Elle est notre seul moyen d'espionner Ambrosia. On a une chance extraordinaire d'avoir rencontré cette fillette, on ne peut pas se permettre de la laisser se perdre dans la nature, de se mettre en danger avec des fantômes !

— Je ne sais pas... Je devrais peut-être faire quelque chose pour limiter ses dons ou...

— Hors de question ! Fais-toi confiance ma belle, je sais que tu peux lui apprendre beaucoup de choses. Tu y arriveras, j'en suis certaine. Ne bride pas la petite, fais-lui juste comprendre qu'elle ne doit pas jouer n'importe où, qu'elle doit toujours rester invisible aux yeux des autres et nous pourrons compter sur un sacré atout dans notre camp.

CHAPITRE 3

Le lendemain, Sonia s'éveilla vers 6h. Johanna dormait de l'autre côté du lit, allongée de tout son long, la bouche ouverte. Sa mère la regarda en souriant puis s'étira sans faire de bruit. Par terre, près de la table de chevet, elle trouva un t-shirt et un gant pour sa main droite, puis s'éloigna du lit à pas de loups et attrapa un short sur la commode. Enfin habillée, elle sortit de la chambre non sans jeter un dernier coup d'oeil à sa fille. Une fois rendormie contre sa mère, Johanna ne s'était plus réveillée de la nuit.

La maison était silencieuse et plongée dans une demi-pénombre. Le plancher craqua sous les pieds de Sonia qui se maudit aussitôt de ne pas être assez discrète. L'épreuve des escaliers fut encore plus compliquée et la jeune femme se sentit empotée au possible. Personne n'était réveillé, elle avait la maison pour elle toute seule. *Tant mieux.* Dans la cuisine, elle mit en route la cafetière et fit griller quelques tartines. Elle n'osait pas allumer la radio et ce fut donc en silence qu'elle déjeuna. La cuisine donnait sur l'arrière de la maison, offrant une vue imprenable sur la piscine et le jardin. Le silence était délicieux et le café bien fort. Sonia se sentit bien.

Soudain, elle sentit un courant d'air glacé sur sa nuque. Elle manqua de renverser sa tasse en se levant précipitamment de sa chaise. Sonia se retourna mais il n'y avait personne. Elle attendit quelques minutes mais rien ne se produisit. *Ne panique pas ma grande.* Pourtant, elle préféra quitter la cuisine pour se pelotonner dans le canapé du salon.

Ce fut Jean qui la trouva un quart d'heure plus tard. La jeune femme lui expliqua ce qu'il s'était passé et après l'avoir rassurée, il lui proposa de terminer leur petit déjeuner ensemble. Sonia suivit son ami non sans appréhension. Jean leur servit un café et s'installa face à la jeune femme. Il but quelques gorgées avant de sortir son téléphone portable de sa poche.

— On ne capte vraiment pas grand chose ici, grommela-t-il.

— C'est pas grave, ça fait partie du charme de l'endroit...

— J'ai des réseaux sociaux à faire tourner, moi !, répondit Jean en ne plaisantant qu'à moitié.

— Au moins je n'ai pas à me préoccuper de ça. Je ne sais pas comment tu trouves le temps de te consacrer à Facebook ou Instagram. Ça me dépasse.

— Sonia, tu fais partie des rares personnes de notre génération à ne pas être connectée. Ça, ça me dépasse. Mais je salue l'effort que tu as fait il y a quelques années ! N'empêche, j'aimerais bien pouvoir partager certaines photos avec toi ou certains tweets, ça te ferait marrer.

— Peut-être..., dit Sonia, soudain pensive.

— Qu'est-ce qu'il y a ?

— Honnêtement Jean, ça me servirait à quoi Facebook ? Avec qui je pourrais me connecter ? Je n'ai que toi. Et Damien peut-être... Oui, si, Damien est un ami maintenant. Tu n'as jamais remarqué ? Je n'ai pas d'amis. Ou plus. Merci Franck.

— Ce n'est pas une fatalité, tu sais. Ton foutu ex-mari t'a éloignée de ceux que tu avais mais tu peux toujours reprendre contact ! Je t'ai présenté mes potes, ils ne t'ont pas plu, après tout...

— Oh ça va, inutile de me le rappeler. Quoi qu'il en soit, ça me pèse des fois.

— Je ne crois pas tant que ça. Tu es une solitaire Sonia et tu le seras toute ta vie. Tu n'as pas besoin d'être entourée de dizaines de personnes. Tu as Johanna, tu m'as moi. Ça te suffit. Et ce n'est pas grave.

— Et comment je fais le jour où tu t'en vas ? Le jour où Johanna sera assez grande pour couper le cordon ?

— Hé, du calme ! T'as les idées noires ce matin. Mal dormi ?

— Johanna est encore venue finir sa nuit avec moi. Est-ce que j'ai pris la bonne décision en l'amenant ici ? Je ne peux pas nier les pouvoirs qu'elle a mais de là à la confier à une femme qui se prétend sorcière, qui... Enfin merde, on nage en plein délire. Je ne sais pas où ça nous mène.

— Tu as fait ce que tu penses être le mieux pour ta fille.

— Et si je me trompe ?

— On verra Sonia. Pour l'instant, profite de ton séjour ici.

En fin de matinée, Nathalie proposa à ses invités une petite promenade dans le bourg. La chaleur était encore supportable et une petite virée hors des murs ferait le plus grand bien à tout le monde. Alicia ne les accompagna pas, prétextant avoir du travail à faire. Elle ne passait pas une journée sans continuer ses recherches sur la Mère Première. Le groupe se divisa rapidement. Sonia et Damien marchaient plus lentement tout en discutant de choses et d'autres tandis que Jean, Johanna et Nathalie prennaient de l'avance. La place du village était animée grâce à quelques touristes attablés à la terrasse du petit café et à quelques gens du cru lancés dans une partie de pétanque. Une vraie carte postale.

Jean remarqua rapidement le petit manège entre Nathalie et Johanna mais n'en souffla mot. Il préféra observer avant de formuler des conclusions trop hâtives. De temps en temps, Nathalie faisait discrètement un signe de la main en direction de la petite fille. Celle-ci se mettait alors à marcher un peu plus lentement, les yeux perdus dans le vide. Puis moins d'une minute après, elle reprenait son rythme normal et son visage s'illuminait de nouveau. Jean jeta un regard à Nathalie, lui signifiant qu'il avait vu ce qu'il se passait. Cette dernière se rapprocha de lui et lui prit le bras :

— Ne dites rien à sa mère s'il-vous-plaît...

— Pourquoi ne pas s'en tenir à vos exercices à la maison ? Pourquoi ne pas la laisser tranquille ce matin ?

— C'était une belle opportunité pour tester ses dons. Elle doit pouvoir les contrôler à tout moment, pas seulement au calme, seule, préparée. Ici, elle peut essayer de faire voyager son esprit tout en contrôlant son corps. Et c'est merveilleux, Jean, elle y arrive ! Elle est incroyable.

— N'en faites pas un singe savant, Nathalie. Sonia ne supporterait pas ça. Elle vous a confié sa fille, c'est une décision déjà énorme. N'allez pas trop loin.

— Faites-moi confiance Jean, je vous assure que tout va bien. Alicia et moi sommes très préoccupées par le bien-être de la petite, vous le savez bien.

Johanna suivait les consignes de sa maîtresse avec application. Celle-ci avait mis au point un code lui permettant de communiquer avec la fillette sans que personne ne s'en aperçoive. Si Nathalie avait quelques dons de télépathe, Johanna avait beaucoup de mal à développer les siens : elle pouvait recevoir les messages mais n'arrivait que rarement à y répondre. Et puis cette histoire de code secret lui plaisait beaucoup, transformant un exercice en jeu et elle en super espionne. A la demande de Nathalie, Johanna dissociait son esprit : tandis qu'une partie d'elle-même contrôlait encore son corps, lui donnant un ordre simple comme celui de marcher, une autre s'envolait littéralement pour voir de plus près quelques personnes désignées. Ainsi, d'un claquement de doigt, elle se retrouvait flottant à quelques centimètres d'un joueur de pétanque ou debout à côté d'une vieille femme sirotant un verre de vin blanc dans le bar. Cela l'amusait beaucoup mais l'épuisait. Nathalie lui avait bien appris que le voyage astral n'était pas un jeu mais qu'importe, Johanna trouvait cela très amusant. Les pensées de la fillette vagabondèrent ainsi et quelques secondes suffirent à la propulser bien plus loin que ce qu'elle avait prévu.

Elle se retrouva dans un long couloir de pierres suintantes, des portes en bois étaient alignées régulièrement, toutes fermées. Quand Johanna réalisa où elle se trouvait, elle eut un frisson désagréable. Mais ses sens en éveil la rassurèrent bien vite : le Temple de la Mère Première était vide.

CHAPITRE 4

L'endroit était mort. Johanna parcourut de longs corridors déserts, des cellules austères et sans vie. Elle volait au-dessus des pierres froides et humides, dans un silence assourdissant. Les hautes fenêtres donnaient toutes sur un vide intersidéral et effrayant, un néant sans étoile. La pénombre ne cachait plus aucun monstre ni même aucune adepte. La curiosité de Johanna la poussa à s'aventurer dans de nombreux endroits qui lui étaient inconnus.

Mais soudain, elle se sentit aspirée vers le plafond et son esprit réintégra son corps brutalement.

Sonia, à genoux sur le macadam, serrait sa fille dans ses bras, tandis que Nathalie psalmodiait à voix basse, une main posée sur le front de la petite. Au milieu de la promenade, Johanna s'était effondrée, déclenchant la panique dans le petit village. Nombreux furent les passants à accourir avec, qui une bouteille d'eau, qui un éventail ou un brumisateur. La fillette ouvrit les yeux au bout de quelques minutes qui semblèrent un siècle pour tous les adultes l'entourant. Sa mère lui fit boire un peu d'eau, passa un linge frais sur son visage et poussa un soupir de soulagement. Damien fit se disperser la foule, expliquant que l'évanouissement de la fille était dû à la chaleur. Il proposa à Sonia de porter Johanna jusqu'à la villa des Herbert, ce qu'elle accepta de bon cœur. Quand la petite troupe se mit en route, la jeune femme ne vit pas le regard noir que Jean jeta à Nathalie.

On avait installé Johanna dans sa chambre à l'étage et refermé les volets pour empêcher la chaleur de rentrer. Sonia avait congédié le couple Herbert pour s'occuper seule de sa fille. Jean et Damien se trouvaient impuissants face à l'inquiétude de la jeune femme et préféraient rester en retrait. Jean gardait pour lui ce qu'il savait, ne sachant pas si l'évanouissement de Johanna était véritablement dû à l'exercice de Nathalie. En faire part à Sonia aurait renforcé sa colère et sa frustration, cela pouvait même la pousser à quitter précipitamment les Pyrénées pour rentrer à Aurac. Hors de question. Jean était convaincu du bien-fondé de leur présence ici. Cela servait ses propres intérêts également mais il réfuta cette pensée égoïste, déplacée dans un moment comme celui-ci. Ses affaires personnelles avec les Herbert ne regardaient que lui et il serait temps d'y penser plus tard.

Penchée au-dessus de sa fille, Sonia lui massait le front avec un gant de toilette frais tout en lui murmurant des paroles rassurantes. Johanna était pâle et buvait de l'eau à petites gorgées. La boisson terminée, elle rendit le verre à sa mère et s'enfonça dans les coussins. Elle sentait l'inquiétude de Sonia, sa colère contenue aussi, et s'en voulait. La fillette détenait maintenant deux secrets : l'exercice que lui avait fait faire Nathalie hors de la maison et son excursion dans la Temple de la Mère Première. Devait-elle tout raconter à sa mère ? Johanna se perdait dans un maelström d'émotions qu'elle n'arrivait pas à gérer, tiraillée entre des réflexions bien trop adultes pour son jeune âge et la volonté pure et sans artifice de se réfugier dans les bras de sa mère. Finalement, elle trouva un compromis en se laissant choyer par Sonia tout en hochant la tête quand celle-ci lui parlait de coup de chaud et de déshydratation. Après tout, en ne disant rien, elle ne lui mentait pas. Fatiguée, Johanna finit par s'endormir.

Après avoir allongé sa fille correctement et vérifié qu'elle dormait à poings fermés, Sonia rejoignit les adultes qui patientaient au rez-de-chaussée. Nathalie et Jean s'étaient lancés dans la préparation du déjeuner tandis que Damien et Alicia sirotaient du rosé sur la terrasse. Sonia accepta volontiers un verre en les rejoignant.

— Comment va-t-elle ?, demanda Alicia.

— Elle s'est endormie. J'aurais dû m'assurer qu'elle boive plus régulièrement...

— Nous aurions dû tous le faire, intervint Damien en lui prenant la main. Quand elle se réveillera, elle mangera un peu et ça ira beaucoup mieux.

Sonia s'étonna de ce geste d'affection soudain. Damien avait du avoir peur lui aussi. Elle lui adressa un petit sourire, serra brièvement sa main et la retira pour s'allumer une cigarette.

— A propos, Nathalie peut vous aider à arrêter de fumer, dit Alicia. Elle s'est occupée de mon propre cas, vous savez. J'étais une grosse fumeuse plus jeune... Je m'étonne parfois d'être encore de ce monde.

— Non merci, répondit Sonia. Alors vos recherches, ça avance ?

— Oh, je n'ai pas grand chose à vous raconter. Je ne fais qu'accumuler des preuves de l'existence d'Ambrosia, je conforte mes hypothèses... J'aimerais tellement pouvoir retracer toute sa vie mais...

Alicia fut interrompue par un cri et un bruit de vaisselle cassée. Damien fut le plus rapide et arriva sur les lieux le premier, passant par la porte-fenêtre qui donnait sur la cuisine. Nathalie se tenait près de l'évier, une main posée sur sa poitrine qui se soulevait et retombait rapidement. A ses pieds gisaient les débris d'un saladier en verre. Au milieu de la pièce, la grande table de bois était jonchée de casseroles, assiettes, épluchures de légumes en tout genre. Jean s'était levé précipitamment alors qu'il coupait des tomates. Maintenant debout, il serrait encore le couteau dans sa main droite et ses yeux étaient emplis de terreur. Damien jugea rapidement la situation. Il se rendit d'abord près de Nathalie et la souleva délicatement du sol pour la transporter sur la terrasse afin d'épargner ses pieds nus. Alicia prit sa compagne dans ses bras et l'escorta jusqu'à une chaise à l'ombre. Damien s'approcha doucement de Jean, mit une main sur son épaule en signe d'apaisement et lui fit poser le couteau sur la table. Tremblant, le jeune homme s'effondra sur une chaise.

— Que s'est-il passé ?, s'enquit le policier.

— Je, je... Oh bordel... Elle se tenait là. Il y avait une femme. Sur la table. Elle est apparue d'un coup. Elle... Oh la frousse !

— Bois ça, intervint Sonia en donnant un verre d'eau à son ami.

Jean interrompit son récit, but la boisson rafraîchissante à grandes gorgées puis souffla un bon coup. Sa respiration se calma, ainsi que ses tremblements.

— J'ai été surpris, on a été surpris. Nathalie s'occupait de la salade, elle était appuyée contre l'évier, elle me regardait. Moi, j'étais assis là, je coupais les tomates. On discutait. Et puis soudain, elle est apparue. Juste là, une femme, pas très jeune. Sur la table. Elle regardait le plafond. Et son cou, son cou s'est brisé d'un seul coup. Il y a eu ce bruit, ce putain de bruit...

— Et ensuite ?, l'encouragea Damien.

— Ensuite elle a disparu comme elle est venue.

— C'était Marie, s'écria une voix fluette.

Tous trois se tournèrent vers l'entrée de la cuisine. Dans l'encadrement de la cuisine se tenait Johanna, en culotte et en t-shirt, ses longs cheveux bouclés en bataille et collés à son front par la sueur.

CHAPITRE 5

Après avoir nettoyé la cuisine et terminé de préparer le déjeuner, le petit groupe s'était attablé dehors, bien à l'abri sous le grand parasol. Nathalie avait confirmé les propos de Jean. Damien, retrouvant ses réflexes professionnels, menait l'enquête. Nathalie expliqua que le fantôme de Marie Glossel, l'ancienne propriétaire, leur était apparu et révéla que la pauvre femme s'était pendue dans la cuisine de leur maison. Si le couple Herbert était bien au courant de la présence de cet esprit par des bruits ou des objets déplacés, jamais il n'était apparu sous cette forme, aussi nettement. Ce fut Johanna qui prit la suite du récit, expliquant qu'après s'être réveillée, elle avait entendu du bruit dans la cuisine. Intriguée et fatiguée, elle avait délibérément choisi de s'y projeter, « en volant » selon ses propres mots. Son double astral avait vu toute la scène, mais le fantôme de Marie Glossel l'avait regardée avant que son cou ne se brise. Johanna avait alors réintégré son corps puis s'était levée. Damien fut le plus prompt à réagir.

— Tu veux dire que le fantôme t'as vue alors que tu n'étais pas là ? Il a vu ton esprit qui flottait ?

— Oui, elle peut me voir quand je flotte. Mais elle ne me fera pas de mal. Elle est juste... perdue ?

— Ce n'est pas la première fois que tu la croises ni qu'elle te voit ?, demanda Jean.

— Non. Mais c'est pas grave. Elle me fait un peu peur mais pas exprès. Elle est juste perdue. Elle ne sait pas où aller. Elle est ici mais pas tout le temps parce qu'elle est ailleurs. C'est compliqué à expliquer. Mais elle sait rien faire d'autre que venir ici des fois, comme ça, pouf ! Et repartir. Je l'ai dit à Nathalie mais elle veut pas que les fantômes me voient, hein, Nathalie ?!

Tous regardèrent cette dernière attendant sa réponse. Alicia avait les lèvres pincées, gênée par la révélation de la fillette. Sonia qui n'avait toujours pas ouvert la bouche, la regardait d'un air furieux. Finalement, Nathalie prit la parole d'une petite voix.

— Hum... Oui, en effet. Lors de nos exercices de voyage astral, Johanna m'a confié avoir déjà croisé le fantôme de l'ancienne propriétaire. Elle m'a dit que le fantôme l'avait également vue. Il n'y a rien de grave, il faut surtout être prudent. C'est ce que j'enseigne à

Johanna. Pour faire court, si des esprits morts peuvent voir le double astral de Johanna c'est que celle-ci dégage une très forte énergie. Je suppose qu'ils y puisent pour... ce genre d'apparition. Ce qui expliquerait pourquoi Marie Glossel était discrète jusqu'à présent. La présence de Johanna change la donne. Mais Sonia, il s'agit du même phénomène qu'avec Alex...

A ces mots, Sonia se raidit encore plus. Alex, son amour de jeunesse... Mort, il l'avait contactée via ses rêves, grâce à la force de Johanna. Elle n'avait pas renoncé à le retrouver, à le recontacter mais elle ne savait pas par où commencer. Pendant sa convalescence, elle avait préféré mettre le sujet de côté mais voilà que Nathalie mettait les pieds dans le plat. Sonia répondit d'une voix sèche.

— Franchement Nathalie, ce n'est pas le moment d'évoquer cela... Ce que je comprends c'est que les revenants peuvent se servir de ma fille pour jouer à nous faire peur, c'est ça ? Vraiment rassurant, vraiment. On va faire un truc. On finit de manger et Johanna et moi on sort. On prend la voiture et on va prendre l'air, hein mon poussin ? Tu te souviens du lac dans lequel on a été se baigner il y a quelques jours ? On va y retourner cet après-midi.

Johanna approuva l'idée de sa mère en applaudissant des deux mains.

Avant de quitter la villa, Sonia précisa aux Herbert qu'elle réglerait ses comptes avec elles en rentrant. Furieuse, inquiète, elle démarra en trombe et ne put se calmer que quelques kilomètres plus loin. Elle s'empêcha d'éclater en sanglots devant sa fille et fit bonne figure toute l'après-midi.

CHAPITRE 6

Tous regardèrent la voiture filer sur le chemin qui descendait de la villa mais personne n'osa parler. Nathalie brisa le silence pour indiquer qu'elle devait préparer le rituel prévu le soir-même et qu'il était donc interdit de la déranger. Alicia invita Jean et Damien à s'asseoir sur la terrasse et leur servit de l'eau citronnée. La vieille dame, d'habitude si vive, paraissait fatiguée. Abritée sous son grand chapeau de paille, elle sirotait son verre. Derrière ses épaisses lunettes de soleil, on sentait son regard perdu dans le vague. Alicia Herbert réfléchissait. Mais sans doute pas aux mêmes sujets que ses deux invités. Elle voyait l'heure tourner, elle anticipait déjà le départ de Johanna et cela l'agaçait. Nathalie faisait de son mieux. Alicia ne remettait pas en doute les pouvoirs et la pédagogie de sa compagne mais il fallait se rendre à l'évidence : la petite fille était puissante et elle aurait sûrement besoin d'un mentor qui puisse contenir ses pouvoirs. Alicia avait quelques noms en tête mais là n'était pas le problème : il aurait fallu d'une part convaincre Sonia et d'autre part être sûre que le nouveau professeur ne s'accaparerait pas la fillette pour en faire son propre bras armé. Johanna était bien trop utile pour combattre la Mère Première, elle devait rester à ses côtés. Tant que Nathalie maintenait un lien de confiance avec elle, tout irait bien. Quant à Sonia... Il faudrait jouer serré. Les lèvres d'Alicia Herbert se pincèrent et sa prise se resserra sur son verre. Quand Damien prit la parole, il la tira de ses pensées.

— Je n'ai jamais vu Sonia aussi furieuse... J'espère que cet après-midi seule avec sa fille la calmera.

— Tu ne la connais que depuis quelques mois, intervint Jean. Elle est inquiète pour sa fille mais elle craint surtout de ne pas faire les choses correctement elle-même. Elle a toujours eu du mal à vraiment bien communiquer avec Johanna. Et cette histoire... Mais bon, têtue comme elle est, elle s'en sortira. Il faut lui laisser un peu de temps.

— Du temps, nous en avons très peu, malheureusement, dit Alicia. Les vacances ne vont pas durer éternellement et Johanna va devoir aller chez son père. Je souhaite juste qu'elle reparte d'ici avec une meilleure conscience et une meilleure maîtrise de ses pouvoirs. On ne voudrait pas qu'elle aille se balader dans des endroits dangereux, n'est-ce pas ?

— Je crois que vous devriez parler franchement avec Sonia, la rassurer, conseilla Damien. Je peux vous aider si vous le souhaitez.

— Non Damien, c'est gentil mais Nathalie et moi allons nous en occuper. Changeons de sujet. Mon réseau est actionné et votre reconversion est sur la bonne voie.

— Reconversion ? En quoi ?, demanda Jean en se tournant vers le policier.

Celui-ci jeta un regard de travers à Alicia qui ne fit que hausser les épaules.

— Hum... Je vais quitter la police pour me mettre à mon compte. Agent de recherche privé, ARP, ou détective privé, si tu préfères. Je crois que j'ai besoin de faire quelque chose plus en adéquation avec mes convictions. Ce qui est arrivé à Sonia et Johanna, cela ne fait que renforcer mes croyances. Croyances qu'on ne prend pas assez au sérieux dans la police. Des gens souffrent car ils sont confrontés à l'extraordinaire et je ne peux pas les aider comme ça. J'ai pas mal réfléchi et j'ai décidé de partir. Grâce à quelques contacts d'Alicia, la procédure va prendre un petit coup d'accélérateur.

— Et quoi ? Devenir détective du paranormal ?, plaisanta Jean.

— Ne riez pas, Jean, dit Alicia. Nous avons besoin de personnes comme Damien.

— Vous avez besoin de personnes comme Damien..., répéta-t-il avec ironie.

— En effet. Pourquoi mentirai-je ? C'est un échange de bons procédés. Damien aura toujours des contacts dans la police mais sera plus libre de ses mouvements. C'est quelqu'un en qui j'ai confiance et qui pourra m'aider si besoin. En échange, il bénéficie de mon propre réseau.

— J'ai besoin d'aider les gens, mieux que je ne le fais maintenant, justifia Damien.

— Et c'est pour quand ?, demanda Jean.

— Si tout va bien, on aura tous les agréments à l'automne, répondit Alicia.

A quelques kilomètres de là, Sonia et Johanna se baignaient dans l'eau fraîche d'un lac. Elles s'éclaboussaient, riaient aux éclats, ressemblant à n'importe quelles mère et fille en vacances. Quand elles furent installées à l'ombre et après avoir goûté, Sonia se décida à poser quelques questions à sa fille. Est-ce que Nathalie était gentille pendant les leçons ? Oui, absolument ! Elle disait bien les choses comme il fallait et que quitter son corps n'était pas un jeu. Johanna ne devait pas aller n'importe où. Mais c'était difficile des fois. Depuis quand voyait-elle des fantômes ? Oh depuis toujours, maman, mais elle ne savait pas que ces drôles de personnes étaient mortes, on ne lui avait jamais dit. Avait-elle revu la Mère Première ou ses horribles prêtresses ? Non, maman. La petite tut sa visite au Temple maintenant vide. Faisait-elle des cauchemars ? Des fois, parfois, souvent. Elle sentait son esprit qui voulait partir tout seul et ça restait encore très dur de le retenir. Surtout que Nathalie l'avait dit, il ne fallait pas aller n'importe où. Et ne pas se laisser voir. Ne jamais se laisser voir. Alex était-il revenu ? Non, et puis il avait été méchant donc tant mieux. Johanna hésita avant de répondre à cette énième question et cela n'échappa pas à sa mère. Mais inutile d'insister. Sonia se sentait déjà suffisamment en colère. Contre elle-même surtout. Elle alluma une cigarette et regarda sa main gantée. Au travers du léger tissu, elle discernait les runes inscrites à jamais dans sa paume. Réprimant encore des sanglots, elle s'avoua que l'explosion n'était pas loin. Il était temps pour elle de retourner voir son propre psychologue, d'extérioriser. Mais à qui parler de ces choses paranormales ? Qui la croirait ? Qui ne l'enverrait pas, comme elle avait pu le faire elle-même en tant que praticienne, chez un psychiatre, chez quelqu'un qui pouvait endormir toutes ces fantaisies à coups de cachets ? Sonia repensa à certains de ses patients sous un nouvel angle. Elle avait commis beaucoup d'erreurs.

Dans une pièce aménagée au sous-sol de la grande bâtisse, Nathalie s'affairait. Elle avait verrouillé la porte par un sortilège simple pour être tout à fait tranquille. Au vu des derniers événements, le rituel prévu pour le soir allait être vraiment important. Il devait renforcer leurs liens et éloigner les forces maléfiques.

Les murs comme le plafond étaient en pierres grises et froides. La température de la pièce n'excédait jamais une douzaine de degrés. Dans une armoire de bois noir reposaient bougies de toutes les couleurs et accessoires divers : clous, essences de bois du monde entier, fers à cheval, pierres semi-précieuses, encensoirs... Nathalie prit ce dont elle avait besoin puis se dirigea vers une haute étagère où s'entassaient des dizaines de bocaux, tous remplis d'herbes et de plantes patiemment récoltées. Là encore, elle se servit puis posa le tout sur une table, presque cachée dans un coin. La pièce ne comportait que ces trois meubles et une penderie fermée à clé. Nathalie prit une craie dans la poche de sa robe et traça divers signes cabalistiques au sol. Au centre de son dessin, elle plaça un petit bol en argent dans lequel elle alluma un feu et y jeta plusieurs herbes en marmonnant des incantations. Quand les flammes s'éteignirent, la pièce embaumait le jasmin. Nathalie répartit les cendres sur le sol puis ouvrit la penderie avec précaution. Elle se déshabilla entièrement, y rangea ses vêtements et referma le meuble à clé. La sorcière s'allongea sur le sol, son dos frémissant au contact de la pierre froide. Paumes tournées vers le ciel, yeux fermés, elle se mit à réciter des prières de protection. La lumière produite par le plafonnier baissa graduellement jusqu'à ce que la pièce fut plongée dans le noir.

Alors des runes gravées sur le ventre et la poitrine de Nathalie s'illuminèrent d'un gris argenté. Celle-ci gémit sous la douleur du nécessaire rituel mais résista. Dans une heure ou deux, tout serait terminé, elle serait sous l'aile des déesses de la Lune et de l'Eau, elle serait apte à protéger les siens.

CHAPITRE 7

Vers 23h, quand la nuit fut bien sombre et la pleine lune levée, Nathalie Herbert prit la tête d'une étrange procession qui les mena au fond du jardin. Pieds nus, ses longs cheveux lâchés, elle marchait d'un air serein, vêtue d'une robe blanche brodée de fines fleurs dorées et transportant quelques objets dans une besace en cuir. Derrière elle venaient sa compagne Alicia, Johanna, Sonia, Jean et enfin Damien qui fermait la marche. Tous étaient pieds nus et vêtus de blanc à la demande de Nathalie. La fraîcheur de la nuit apaisait les esprits après une journée riche en émotions.

A son retour du lac, Sonia avait confié Johanna aux garçons pour pouvoir discuter au calme avec le couple Herbert. La jeune femme savait qu'elle devait prendre du recul sur ses émotions et ne pas contaminer tout le monde avec ses inquiétudes. Cependant, il était hors de question de voir Johanna devenir le jouet de ces femmes. Elle avait exigé de celles-ci une totale transparence : Nathalie devait expliquer à Sonia tout ce qu'elle enseignait à sa fille. Les négociations avaient été longues mais chacune y avait mis du sien. Du moins Sonia le pensait-elle. Bien que toutes les tensions ne soient pas retombées à l'heure de partir pour le rituel, l'ambiance était bien meilleure.

Ils arrivèrent à l'extrémité de la grande pelouse, en contrebas de la villa. De grosses fougères leur barraient la route. Le bruit d'une source venait de partout et de nulle part à la fois. Nathalie écarta les plantes délicatement, révélant un petit chemin. Le groupe la suivit, la lumière de la lune guidant leurs pas. Après cinq bonnes minutes de marche à travers d'étranges plantations, parfois aussi hautes que des adultes, ils débouchèrent sur une petite clairière parfaitement ronde. Au centre de celle-ci, une source jaillissait d'un petit tas de pierres envahi par la mousse puis se perdait dans l'herbe rase avant de disparaître sous les arbres. Le son de l'eau était plaisant, chantant, murmurant. Il eut aussitôt un effet bénéfique sur tout le monde. Nathalie leur demanda de former un cercle autour de la source et de patienter. De son sac, elle sortit plusieurs accessoires nécessaires à son rituel. Sur la plus haute pierre, elle posa deux bougies de couleur lavande qu'elle alluma en passant simplement sa main sur les mèches. En entendant Johanna pousser un petit cri de surprise devant ce tour de magie, elle ne put s'empêcher de sourire. Près de l'endroit d'où jaillissait l'eau, elle disposa plusieurs petits miroirs ronds selon un schéma complexe mais qu'elle connaissait par cœur. Du bout des doigts, elle traça sur chacun d'eux un symbole ésotérique qui fit briller leur surface un court instant. Nathalie reprit alors sa place dans le cercle, entre Johanna et Alicia puis demanda aux autres membres de fermer les yeux et entonna sa prière de protection.

Johanna avait glissé ses doigts dans la main gauche de sa mère. Sonia s'était mise entre sa fille et Jean. Elle se laissa bercer par la voix douce et hypnotique de Nathalie, le murmure de l'eau et un bruissement singulier, comme si une brise s'était levée et caressait les arbres alentours. Au bout de quelques minutes, Sonia ne sentit plus le sol sous ses pieds. Seuls les liens avec sa fille et son meilleur ami paraissaient réels, comme des boules d'énergie pure qui pulsaient de plus en plus fort. Leurs mains étaient chaudes dans les siennes et cette chaleur se diffusait dans tout son corps. Sonia se sentait bien, réellement bien. Elle sentit une vague d'amour la traverser et prit conscience du cercle de personnes auquel elle appartenait. Alors, elle sourit, franchement, sincèrement, comme elle ne l'avait pas fait depuis des mois. Pour Jean et Damien dont les mains étaient liées, l'expérience fut similaire : une sensation de bienveillance les envahit et ils ne purent que sourire en ressentant ces émotions pures et fortes. Alicia, pourtant rompue aux rituels de protection que faisait régulièrement Nathalie pour la mettre à l'abri de la Mère Première, se laissa porter et serrant la main gauche de sa femme, se sentit reconnaissante de partager sa vie et son amour. Nathalie, elle, continuait à réciter ses prières et faillit perdre l'équilibre quand les sentiments d'Alicia la touchèrent. Elle pouvait sentir le renforcement des liens entre les six membres du groupe. Plus que cela, elle sentait le lien avec la terre ferme sous leurs pieds, avec l'eau de la source qui chantait sans discontinuer, avec la clarté de la lune au-dessus d'eux... Elle remercia encore et encore les déesses de lui avoir accordé ce formidable don de magie et se laissa aller, enfin, pleinement, et baissa sa garde.

Johanna sentait les mains de sa mère et de Nathalie serrer les siennes de plus en plus fort. Elle fit la grimace mais resta concentrée sur la voix de la sorcière sur sa gauche. Elle n'avait jamais entendu cette langue mais avait l'impression de la connaître, elle pouvait presque en saisir le sens mais finalement il lui échappait, la laissant frustrée. Quelques minutes après le début du rituel, la petite fille sentit l'amour de tous les membres du groupe devenir une formidable énergie et envelopper le cercle qu'ils formaient. Johanna l'accueillit avec bonheur et sentit ses épaules se soulager d'un poids. Elle vit sa mère sourire comme elle ne l'avait pas vu depuis si longtemps… La fillette réalisa qu'elle avait quitté son corps. Elle flottait au centre de la clairière. Elle aurait pu le réintégrer mais le spectacle qui s'offrait à ses yeux était bien trop beau. Les liens entre tous les membres du groupe formaient des halos de couleurs pétillantes, comme de minis feux d'artifice dans la clairière. Entre Jean et sa mère des milliers de petites bulles bleues allaient et venaient, jouaient dans l'air puis explosaient avant de se reformer. Johanna essaya d'en toucher une mais sa main passa au travers et un courant électrique lui chatouilla les doigts. Entre Nathalie et Alicia, un chemin de lumière rougeoyant s'était créé, les enveloppant toutes les deux dans un cocon qui battait comme un cœur apaisé. Johanna vit également des formes étranges et lumineuses cheminer à l'intérieur du cercle, créant des liens entre tous. Au-dessus d'eux, la pleine lune brillait avec intensité, éclairant cette scène extraordinaire. Johanna leva la tête et la regarda un instant avant de se sentir soudain aspirée. Elle cria mais personne ne l'entendit.

Quand elle rouvrit les yeux, la fillette était dans une clairière, similaire à celle qu'elle venait de quitter mais bien plus grande et décorée de cercles de pierre. Il n'y avait pas de source au centre mais un grand feu de joie, le plus grand qu'elle ait jamais vu. Plusieurs femmes de tout âge étaient présentes, discutant ça et là en petits groupes. Johanna ne comprenait pas leur langue mais sut que c'était de l'anglais. Sa mère regardant régulièrement des programmes américains sur Internet, ces sonorités ne lui étaient pas inconnues. Elle se laissa flotter sur quelques mètres. *Ne jamais être vu !* Johanna stoppa net sa progression. Elle resta interdite quelques instants, aux aguets. L'avait-on remarquée ? Il semblait que non. Soudain les conversations s'arrêtèrent et toutes les femmes se tournèrent vers le fond de la clairière. Alors elle apparut. Johanna n'osa pas bouger devant la créature qui s'avançait dans la lumière du feu, révélant sa détestable nature à l'assemblée. La petite fille vit les serres, la robe ocre et changeante, éclairée par les flammes et gémit de terreur. Quand la formidable tête de hibou la regarda droit dans les yeux, Johanna se sentit de nouveau aspirée vers les étoiles et réintégra son corps.

Au même moment, Nathalie termina sa prière de protection et invita ses amis à rouvrir les yeux. Tous étaient souriants, légèrement planants, prenant conscience de la force que venait de leur insuffler Nathalie. Il leur fallut quelques temps pour se décider à briser le cercle, à aller les uns vers les autres. Sonia serra sa fille contre elle, puis Jean. Nathalie et Alicia renouvellèrent une nouvelle fois des promesses dont seules les amoureuses ont le secret. Johanna essaya de retenir tout ces bons sentiments, s'agrippa à toutes les émotions qui emplissaient encore la clairière pour se sentir en sécurité. Car elle le savait, elle aurait besoin de protection contre la Déesse Hibou.

CHAPITRE 8

Johanna était assise face à Nathalie pour une nouvelle séance d'entraînement. La fillette maîtrisait de mieux en mieux son don, au grand bonheur de sa mentor. Mais si Nathalie avait su quels pouvoirs possédait réellement Johanna, sans doute aurait-elle préféré brider la fillette, lui faire tout oublier, afin qu'elle mène une vie normale et sans danger. Ce jour-là, elle lui fit faire de simples exercices consistant à développer la maîtrise du voyage astral. Elle comptait beaucoup sur la répétition pour que Johanna assimile les bases et surtout la prudence : laisser son corps seul trop longtemps représentait un danger indéfinissable, de même qu'aller se promener sur d'autres plans, comme la fillette pouvait le faire sans s'en rendre compte. La séance terminée, Johanna resta un moment dans la pièce, en se dandinant, cherchant visiblement à avouer quelque secret à Nathalie. Celle-ci l'encouragea à parler.

— Tu veux me dire quelque chose Johanna ?

— C'est pas facile.

— Je t'écoute. Tu sais bien que tu peux tout me dire.

— Des fois je vais encore dans des endroits sans faire exprès.

— C'est normal, mais tu maîtrises de plus en plus les voyages, tu sais. Bientôt cela n'arrivera plus.

— Quand on a fait le rituel dans la clairière... Je suis allée ailleurs. Mais j'ai pas fait exprès.

— Raconte-moi tout Johanna.

— Je suis allée dans un autre endroit pareil mais il y avait du feu et pas de l'eau. Et plein de femmes et de filles aussi. Et puis y a la... Elle est apparue.

— Qui est apparu ?, la pressa Nathalie.

— La Déesse Hibou.

— Tu es sûre de toi Johanna ?

— Oui.

Nathalie prit une grande inspiration et réfléchit à toute vitesse. Elle n'avait pas d'autre choix que de faire venir Alicia. Elle fit patienter la fillette quelques instants, le temps de chercher sa compagne. Celle-ci se trouvait dans leur chambre, somnolant sur leur lit. Elles rejoignirent discrètement Johanna. Nathalie jeta un œil dehors pour s'assurer que personne ne les voyait. Elle aperçut Sonia, Damien et Jean jouer aux cartes en riant. Le rituel de protection fait quelques jours plus tôt avait eu raison des tensions qui existaient dans le groupe. Sonia, surtout, paraissait plus détendue, encline à rire et à se reposer, sentant enfin qu'elle pouvait s'appuyer sur les autres.

Alicia Herbert resta sans voix au récit de Johanna. Cette dernière raconta ce qu'elle avait vu dans cette autre clairière, ce rituel étrange et cette créature mi-femme mi-hibou. Bien sûr, elle se garda de dire aux deux femmes qu'elle avait été vue en retour. Alicia regarda Nathalie, interdite, puis prit la parole pour rassurer la fillette. Elle avait bien fait de leur dire et l'en remerciait. Pour l'instant elle ne devait pas retourner là-bas. *Pour l'instant.*

Pendant ce temps, Sonia distribuait de nouveau les cartes. Elle ne cessait de rire aux plaisanteries de Jean, retrouvant ainsi sa complicité avec son meilleur ami. Damien n'était pas en reste et pouvait amuser la galerie avec un humour plus subtil. La jeune femme avait senti un changement dans son humeur depuis le fameux rituel de Nathalie. En cette fin d'après-midi, elle avait laissé sa fille, avec moins d'appréhension, entre les mains de la sorcière qui allait l'aider à contrôler ses dons et passait du bon temps avec ses amis. Et une bouteille de rosé. Grisée, Sonia se mit à taquiner Jean.

— Dis, maintenant qu'on est liés par une magie ancestrale d'un soir au clair de lune, tu veux toujours pas me dire qui est ton amoureux ?

— Voilà qui m'intéresse, intervint Damien.

— Sonia, chérie, je crois que tu es légèrement pompette. Mais pas moi. Donc non, toujours pas.

— Damien, tu savais que Jean couchait avec un ministre ?! Mais impossible de savoir lequel. Et j'ai vérifié, ils sont tous en couple…

— Sonia, s'il-te-plaît, ne va pas sur ce terrain, grommela Jean visiblement mal à l'aise. Si je ne t'en parle pas, c'est parce que je dois garder le secret mais aussi parce que ça ne va pas trop bien entre nous en ce moment.

— Excuse-moi, dit Sonia penaude. Qu'est-ce qui ne va pas ?

— Oh je pense que ça devait arriver... Il est avec sa femme, je ne suis que l'amant. Il hésite, nous aime tous les deux, ne sait pas quoi faire...

— Ça fait longtemps vous deux ?, demanda Damien.

— Un an et demi. Mais bref... J'ai pas trop envie d'en parler maintenant.

— Ok, on va changer de sujet, dit Sonia rassurante. Damien, raconte-nous une enquête.

— Hé bien... soupira Damien en posant ses cartes. Je n'ai rien de très gai à raconter…

— Allez Damien, on t'attend, insista Sonia.

— Alors voilà. C'était il y a quelques années. On nous avait appelés pour tapage nocturne dans un immeuble du centre-ville. Des étudiants qui faisaient la fête un peu trop fort... Mes collègues sont intervenus et j'ai du rappliquer sur les lieux vite fait. On s'attendait à tomber sur une dizaine de gamins bourrés dont la soirée avait dégénéré en partouze...

Damien s'arrêta, reprit une gorgée. Pourquoi il avait fallu que ce soit cette histoire qui lui revienne en mémoire ?

— En fait, les gamins étaient bien bien saouls mais la fête s'était transformée en rituel ignoble. Une des filles avait ramené une saloperie, tous en avaient pris et avaient commencé à craquer. Ils s'étaient mis à taillader une des invitées avec son consentement.

Les mots s'écoulaient seuls de sa bouche à présent. Damien revivait cette horrible scène et de la sueur perlait de son front.

— Elle était nue, au milieu de la pièce, la vingtaine, couverte de sang et elle   riait.   Bon Dieu, elle riait comme une folle...

— Damien, ça suffit ! l'interrompit Jean.

Le policier s'arrêta. Une gifle ne lui aurait pas fait plus d'effet. Il s'épongea le front, termina son verre cul-sec et prit une grande inspiration.

— Pardon. Euh… Je ne sais pas pourquoi je vous ai raconté ça…   Bref, quand on a tiré l'affaire au clair, on a vite compris que la fille qui avait ramené la drogue avait disparu et que personne ne la connaissait.

— Ça ressemble beaucoup à une adepte de la Mère Première, avança Sonia d'une petite voix.

— En apparence seulement. Je n'ai jamais relié ce cas à l'affaire qui nous préoccupe.

— Je me demande parfois ce que ce culte devient, reprit Sonia, pensive. Je veux dire, je n'y pense pas tous les jours non plus mais de temps en temps. Pas facile d'oublier l'histoire quand on en a les marques sur la main. A vie. Et puis je m'inquiète pour ma fille. Trop peut-être ? Je ne sais pas... Après tout, elle a failli être enlevée, moi tuée ! Est-ce que je dois nous enfermer quelque part ou continuer à vivre comme avant ?

Et Alex... Alex qui revient ! J'ai vécu un enfer ces derniers mois. Tout s'est déchaîné. C'était beaucoup trop. Beaucoup trop. Je ne sais pas comment je dois réagir, comment je dois intégrer cette, comment dire, cette étrangeté dans nos vies. Vous voyez ? Et j'ai peur, merde, j'ai peur de retourner au cabinet. De reprendre mon boulot. Après ce que j'ai vécu, avec ce que je sais maintenant sur notre monde, comment vais-je considérer mes patients ?

Sonia, qui avait gardé les yeux baissés pendant son monologue, n'osa pas les relever. Elle n'avait pas prévu de se confier ainsi mais tout était sorti d'un coup. Dans un même geste, Jean et Damien lui prirent une main. Sonia leur sourit timidement, gênée par sa confession.

— Tu devrais boire plus souvent Sonia, ça te fait parler, lui dit Jean en souriant.

— Désolée, je suis ridicule.

— Non, je suis content que tu t'ouvres un peu. Tu ne le fais jamais Sonia. Tu refuses l'aide de tout le monde en pensant faire tout toi-même. Combien de fois je te l'ai dit ?

— Je sais, Jean, merci. Et merci Damien.

— C'est moi qui suis désolé, répondit celui-ci. Je ne sais pas pourquoi je vous ai raconté cette histoire, je n'ai pas réfléchi. Mais je vous avoue que je n'ai pas beaucoup d'anecdotes sympas à vous raconter !

— Et puis, tu vas bientôt quitter la police, lâcha Jean, attendant la réaction de Sonia qui ne se fit pas attendre.

— Ah ? Damien ? Raconte !

— Je... je vais devenir détective privé. Je crois que j'ai fait mon temps dans la police, je veux aider les gens autrement. Et Alicia connaît du monde, elle me file un petit coup de pouce pour accélérer la procédure.

— Nous allons tous finir par leur être redevables, conclut Sonia.

CHAPITRE 9

Alicia Herbert devait réfléchir vite. La Déesse Hibou. C'était presque trop beau pour être vrai. Depuis quelques mois, elle soupçonnait le réveil de ce culte écossais mais Johanna venait de lui en apporter la preuve. Non seulement, elle avait assisté au sabbat mais en plus elle avait vu de ses propres yeux cette entité ancestrale, cette déesse ténébreuse qui était responsable de plusieurs sacrifices atroces dans cette région du Royaume-Uni. Si Alicia suivait de près cette affaire c'est qu'elle avait de solides raisons de croire que la Déesse Hibou n'était autre qu'un des nombreux avatars de la Mère Première. D'après les informations recueillies par Alicia, elle avait établi ce culte à Dunbar, un petit village perdu au milieu de la forêt écossaise, au milieu du XIe siècle.

A cette époque, le hameau était sous la coupe d'une famille puissante, possédant les terres alentours et protégée par une milice on ne peut plus loyale. Aindreas Blacach en était le patriarche respecté. Père de six garçons, il devint fou de chagrin quand sa compagne mourut en couches, donnant naissance à une fille. Celle-ci fut maudite et bannie du village. On la déposa dans la forêt et on l'oublia. Douze ans plus tard, Aindreas mourut et son fils aîné Alastair prit sa place. Le village prospérait toujours, rien n'avait changé depuis ces événements tragiques. Mais quand la jeune fille fit son entrée dans les rues boueuses, les habitants comme les animaux furent frappés de mutisme. On dit qu'elle se rendit directement dans la grande maison de la famille Blacach et sans hésitation tua ses frères à l'aide d'un poignard d'argent. Personne ne réussit à l'empêcher d'accomplir sa vengeance. Hypnotisant les villageois, elle les obligea à dresser un bûcher dantesque au centre de la bourgade. A la nuit tombée, des dizaines d'oiseaux nocturnes vinrent se percher sur les toits. Tous les hommes de plus de douze ans, répondant à un impérieux appel qu'eux seuls pouvaient entendre, arrêtèrent leurs activités et rejoignirent la place du village en une lente et muette procession. La fille Blacach se tenait près du bûcher. Elle cligna des yeux et le bois s'enflamma. Alors les hommes s'y jetèrent, les uns après les autres. Ce ne fut qu'en sentant leur peau brûler que leur transe se termina, leur faisant réaliser l'horreur de ce qui était en train de se passer. Leurs cris résonnèrent toute la nuit, tandis que les hiboux et autres chouettes hululaient comme pour se moquer de leur tragédie. Au petit matin, les survivantes et leurs jeunes garçons se prosternèrent devant leur nouvelle cheffe, qui dit s'appeler Moira et leur fit prêter allégeance à la Déesse Hibou. Depuis lors, elle instaura un matriarcat à Dunbar. Pendant des siècles, il y eut des enlèvements d'hommes et de petits garçons dans la région.

Alicia soupçonnait que ces rapts servaient à des sacrifices en l'honneur de la Mère Première. Puis il semblait que le culte avait périclité au fil du temps. L'ancienne professeure avait recoupé toutes ces informations pendant des années, vieux récits médiévaux, coupures de journaux, témoignages... La Mère Première pouvait être présente à d'autres endroits du globe, asseyant inlassablement son pouvoir, recrutant encore et toujours des femmes. Quelque chose avait changé vingt ou trente années auparavant. La puissante sorcière avait sûrement été trop gourmande et avait dû essuyer une défaite. Alicia n'avait pas encore découvert ce qui s'était passé mais connaître le fin mot de l'histoire était la clé pour comprendre la faiblesse de son ennemie. Car c'était bien ainsi qu'elle la qualifiait désormais. Ambrosia, La Mère Première, la Déesse Hibou, Marie la Sanglante, Hïos, la Sorcière des Montagnes, Celle qui commande aux étoiles... Tant de noms pour la qualifier, pour l'adorer. Alicia oscillait parfois entre admiration et haine, c'était une véritable obsession pour elle. Elle lui échappait toujours. Mais voilà que le destin avait mis sur sa route cette petite fille aux dons incroyables. Johanna serait précieuse à ses côtés. Non pas comme une alliée, mais bien comme une arme.

La petite brune regardait le couple Herbert de ses grands yeux noirs. La lumière jouait sur les cheveux argentés d'Alicia tandis que la grande chevelure blonde de Nathalie se balançait doucement au gré de ses mouvements. Les sens de Johanna devenaient de plus en plus aiguisés. Elle percevait maintenant d'infimes détails, s'attardait facilement sur des choses fugaces, parfois inutiles mais il était tentant de s'y perdre, au risque de quitter de nouveau son corps sans s'en apercevoir. Pas plus tard que la nuit précédente, elle était retournée dans le Temple de la Mère Première. Maintenant qu'il était vide, elle en prenait possession, en faisait son terrain de jeu personnel. Mais s'occuper toute seule devenait vite ennuyeux, il fallait qu'elle trouve des amis à emmener avec elle. Il suffisait peut-être de chercher si des êtres vivants ne se cachaient quelque part dans les couloirs… *Mais si ce sont des monstres ?* Johanna frissonna et revint à la réalité. Alicia venait de lui poser une question.

— Johanna ? Tu es avec nous ?

— Oui, oui... pardon.

— Tu m'as donné beaucoup d'informations, tu sais. Tu nous aides beaucoup. Mais tu peux nous aider encore plus. Pour cela, il faudra que tu retournes dans la clairière de la Déesse Hibou.

Johanna resta interdite. Elle repensa aux yeux ronds et jaunes qui l'avaient fixée quelques secondes. Si elle avouait avoir été surprise, Alicia et Nathalie ne seraient pas contentes. Peut-être qu'elles lui demanderaient de partir, de rentrer à Aurac. Aurac ! Au moins elle reverrait Chanel. Sa petite chatte lui manquait terriblement. Mais elle ne voulait pas non plus les mettre en colère. Et puis, elle se débrouillait bien, non ? Elle pourrait retourner là-bas sans se faire prendre. Et si jamais elle recroisait la Déesse Hibou, alors... Alors elle se cacherait.

— D'accord, dit Johanna dans un souffle

— Ne t'inquiète pas, on va continuer à s'entraîner et je vais t'apprendre plein de formules de protection, la rassura Nathalie.

— D'accord, répéta la fillette. Mais maman ?

— Pour l'instant, on ne lui dit rien, intervint Alicia d'une voix ferme. Ta maman se repose, on ne va pas l'inquiéter. On lui dira tout ça plus tard, je m'en occuperai.

— Est-ce que la Déesse Hibou est méchante ?, demanda Johanna.

— Elle ne te fera aucun mal, conclut Nathalie.

Cette nuit-là, Sonia se réveilla vers trois heures du matin. Elle avait la désagréable sensation de ne pas être seule dans la chambre. Ses jambes étaient emberlificotées dans le drap, les voilages pendus à la fenêtre se balançaient légèrement dans le vent. Sonia attendit que ses yeux s'adaptent à l'obscurité et écouta attentivement les sons autour d'elle. Des grillons, des grenouilles, une chouette peut-être... Elle enfila un t-shirt et sortit de la pièce pour vérifier si sa fille dormait. Elle trouva cette dernière dans son lit, comme à son habitude, en position d'étoile de mer, la bouche ouverte et le souffle régulier. Sonia sourit en voyant sa fille si paisible. Elle resta un moment près d'elle, puis rassurée, retourna dans sa chambre. La sensation d'être épiée n'avait pas complètement disparu, aussi garda-t-elle son t-shirt et se glissa complètement sous le drap.

Johanna avait réintégré son corps rapidement quand elle avait vu sa mère se réveiller. De toute façon, il fallait bien retourner dormir. La petite brune s'était promenée dans la maison, faisant un tour dans chacune des pièces. Damien, sur le dos et droit comme un i, ronflait légèrement. Jean était roulé en boule et gémissait sous l'effet d'un cauchemar. Alicia et Nathalie dormaient en cuillère, la plus âgée serrant tendrement la plus jeune dans ses bras. Johanna avait aperçu un étrange tableau au-dessus de leur lit. Il représentait un cheval squelettique, décharné, monté par une femme dont la longue chevelure noire cachait le visage. On pouvait voir ses côtes, ses os, ses jambes se fondaient dans les flancs de l'animal. Contre elle se serrait un être plus petit, un homme ressemblant étrangement à un bébé... Le vent faisait se balancer les branches d'arbres rouges en arrière-plan. Johanna s'était promis de venir revoir cette peinture à la lumière du jour puis son double astral avait volé jusqu'à la chambre de sa mère. Johanna était restée un long moment à la regarder. Mais Sonia l'avait senti. La récréation était maintenant terminée.

CHAPITRE 10

Damien trouva Johanna dans la cuisine. Ce matin-là, ils avaient pris leur petit-déjeuner dehors et le policier avait remarqué l'absence de la fillette. Celle-ci semblait bouder sur sa chaise et ses doigts traçaient des dessins imaginaires sur le bois de la grande table.

— C'est maman qui m'a punie, dit la fillette, devançant sa question.

— Ah oui ?, demanda Damien en s'approchant d'elle.

— Parce que je lui dit des mauvaises choses. Je veux pas aller au marché après. Je voulais aller avec Nathalie pour apprendre à être une vraie... voyageuse. Mais maman a dit non. Je suis pas contente.

— Ecoute ma puce, dans la vie on ne fait pas toujours ce qu'on veut, dit Damien en se maudissant de sortir un tel lieu commun. Mais tu retourneras avec Nathalie cet après-midi. Tu vas voir on va bien rigoler ensemble au marché. Et puis dis-moi, je crois que tu aimes bien... le melon ? Je t'apprendrai à reconnaître ceux qui sont bons.

— Hmm... Je sais pas.

— Je vais te laisser. Je suppose que Sonia viendra lever la punition tout à l'heure.

— Marie est avec moi. On est punies toutes les deux.

Damien sentit ses poils se hérisser et ne put s'empêcher de regarder sur la table, priant très fort pour que le fantôme de Marie ne fasse pas d'apparition. Il quitta vite la pièce pour rejoindre les adultes qui discutaient sur la terrasse. Le policier s'installa à côté de Sonia pour évoquer la dispute avec sa fille.

— Il est temps que les vacances se terminent, qu'on retourne à une vie normale, lui dit la psychologue en s'allumant une cigarette. Si tant est qu'on puisse…

— Je suis désolé Sonia mais il n'y a plus de vie normale pour vous, répondit Damien. Pour personne autour de cette table. Johanna ne pourra pas avoir une vie normale car son esprit peut voyager, parce que les morts la contactent. Tu ne pourras plus avoir de vie normale car tu as failli te faire tuer par l'adepte d'une puissante sorcière. Parce que tu as ces marques sur ta main droite qui te rappelleront toujours ces événements.

Sonia refusa de répondre et regarda au loin pour échapper à la conversation. Jean haussa les épaules et le couple Hebert choisit de ne pas s'en mêler.

Dans la cuisine, Johanna boudait toujours. Sur la table, le fantôme de Marie apparaissait par intermittence. Soudain, la femme se matérialisa à l'entrée de la pièce et s'éloigna dans la maison, d'une démarche raide et décousue. Johanna n'hésita pas et suivit l'apparition. Celle-ci disparut dans les escaliers puis un bruit de pas se fit entendre à l'étage. La fillette jeta un regard en arrière pour vérifier que personne ne l'avait vue puis grimpa les marches. A l'étage, elle remarqua que la porte de la chambre des Herbert était ouverte. Le fantôme était devant et l'attendait. Johanna la rejoignit. La pièce était grande et simple : un lit massif, des tables de chevet et une commode formaient un ensemble vieillot. Les murs étaient uniformément blancs, sauf le contour de fenêtre dans lequel étaient gravés des dizaines de signes cabalistiques rouges. Près de la commode, une psyché avait été recouverte d'un drap noir. Et au-dessus du lit, Johanna vit le fameux tableau. Elle en distinguait mieux les couleurs : la femme et le cheval étaient peints en jaune sombre, derrière eux la forêt était rouge, le ciel marron. Le tableau suintait la peur, l'attente, l'interdit. Johanna eut l'impression de voir la chevelure de la femme bouger, d'entendre le vent souffler dans les arbres. Elle s'approcha. Un craquement derrière elle la fit sursauter.

— C'est un tableau de Zdzisław Beksiński, dit Nathalie. Un peintre polonais qui est mort il y a quelques années. Et je peux savoir ce que tu fais dans ma chambre, jeune fille ?

— Je voulais voir le tableau, c'est Marie qui a ouvert la porte.

— Ne commence pas à accuser les fantômes à ta place. Maintenant sors, ta mère te cherche pour aller au marché.

— Je veux pas y aller.

— Pas le choix.

— C'est qui la femme sur le cheval ?

— Je ne sais pas. Personne ne sait. Il a peint beaucoup de choses comme ça, très inquiétantes. On ne sait pas d'où lui venaient ces images. Certains disent qu'il a vu l'Enfer.

— L'Enfer, c'est quand on est mort, non ?, demanda Johanna en suivant Nathalie. Il y est allé et revenu ? C'est pas possible.

— Tu vois bien que parfois les morts peuvent revenir... Alors pourquoi pas ?

Johanna ne sut quoi répondre. Elle regarda une dernière fois le tableau puis suivit Nathalie dans le couloir.

Au rez-de-chaussée, Sonia, Damien et Jean attendaient la fillette pour partir. Quand la psychologue vit sa fille descendre main dans la main avec Nathalie, elle eut du mal à contenir sa jalousie. Mais Johanna n'était pas sa propriété et Damien avait raison. Il n'y avait plus de vie normale à espérer. Alors autant affronter l'extraordinaire.

80

CHAPITRE 11

Le double astral de Johanna se cacha dans un arbre qui surplombait la clairière. S'il y avait bien une chose que la petite fille avait rapidement maîtrisé c'était le déplacement : la sensation de voler était extraordinaire, elle s'en donnait à cœur joie. Il faisait nuit en Ecosse et les adeptes de la Déesse Hibou commençaient à se rassembler. Johanna observait les femmes de tous âges, vêtues de grandes capes marron ou vertes, marcher d'un pas décidé vers le centre de la clairière où un grand feu avait été allumé. Johanna entendit les branches bruisser tout près d'elle et retint un cri en apercevant des dizaines d'oiseaux nocturnes venir se percher près d'elle. Elle se laissa tomber doucement et se cacha finalement derrière le tronc de l'arbre. La vue était moins bonne mais elle n'osait pas sortir à découvert. Si les femmes ne la voyaient pas, la Déesse Hibou en avait, elle, le pouvoir. Une adoratrice s'avança près du feu et se tint face aux autres. Elle était vêtue d'une grande cape fermée par une broche dorée représentant deux grandes ailes déployées. Un diadème avec le même sceau était posé sur son crâne rasé. Ses yeux teintés de vert et de doré semblaient luire dans la nuit. Johanna comprit qu'elle était la cheffe, aussi concentra-t-elle son attention sur cette femme. Sa carrière d'espionne commençait bien tôt. Les autres femmes murmuraient entre elles et un prénom finit par surgir. Moira. Johanna supposa que c'était celui de la femme aux bijoux. Malheureusement elle ne comprenait rien d'autre, les adeptes parlant toutes anglais, avec un fort accent écossais. Il fallait donc qu'elle ouvre grand ses yeux et enregistre toutes les informations possibles. Elle se laissa glisser derrière une très grande femme, puis une autre, jusqu'à se rapprocher du centre de la clairière. Deux jeunes filles sortirent de nulle part, tenant chacune fermement un adolescent pâle et terrifié. Elles le présentèrent à Moira qui sourit de toutes ses dents. La prêtresse sortit un poignard argenté de la manche de sa robe et l'exposa à la vue de toutes. Et toutes crièrent de joie.

Quelque part dans les Pyrénées, le petit corps de Johanna était allongé sur un canapé, dans la pièce où Nathalie avait pris l'habitude de l'entraîner. Sa respiration était régulière, ses traits détendus. Nathalie et Alicia observaient attentivement l'enfant. La maison était silencieuse, la pièce éclairée par une petite lampe de chevet. Il était presque minuit. Les adoratrices de la Déesse Hibou se réunissaient la nuit, aussi les deux femmes avaient-elles convenu avec Johanna de se retrouver une fois que tout le monde dormirait. Bien sûr, le couple n'en avait rien dit à Sonia et avait donné rendez-vous à Johanna en cachette. Si Nathalie commençait à ne plus assumer leurs mensonges, ce n'était pas le cas d'Alicia. Elle était déterminée à en apprendre toujours plus sur la Mère Première.

Soudain, le corps de Johanna fut parcouru de frissons et son visage se crispa.

Moira plongea le couteau par sept fois dans le cœur du jeune homme et sur un geste de sa main, il fut projeté au centre du brasier. Toutes les femmes présentes se mirent alors à psalmodier une étrange litanie, d'une voix grave et vibrante. L'air était électrique. Johanna était terrifiée. Elle devait s'en aller. Partir d'ici. Vite. Mais le meurtre de sang-froid du garçon sous ses yeux l'avait bouleversée. Elle ne contrôlait plus rien et son double astral se mit à flotter doucement dans les airs. Sous elle, les femmes chantaient toujours et l'odeur de la chair carbonisée emplissait la clairière. Flottant sur le dos, Johanna voyait les étoiles au-dessus d'elle, la lune presque pleine luisait doucement. « *Je dois rentrer* », pensa la petite fille. Mais elle n'y arrivait pas.

— Quelque chose ne va pas, dit Nathalie, penchée au-dessus de la fillette. Alicia, je dois aller la chercher.

— Attends encore un peu ma chérie, fais-lui confiance.

— Je vais au moins essayer de la contacter, insista Nathalie, qui prit la fillette dans ses bras et ferma les yeux.

Soudain la porte de la pièce s'ouvrit. Sonia entra en trombe et se précipita sur sa fille mais Alicia la rattrapa juste à temps.

— Non, Sonia, non ! Attendez !

— Mais qu'est-ce que vous faites bordel ? Qu'est-ce qui se passe ici ?

— Attendez, répondit Alicia qui la retenait fermement. Je vous en prie, Sonia, attendez encore un peu. Il n'y a rien de grave.

— Rien de grave ?! Johanna ! Poussin, tu m'entends ?!

— Elle est en voyage astral, Nathalie est avec elle, il n'y a rien à craindre.

Toujours coincée dans la clairière, Johanna pleurait. Elle n'arrivait pas à rentrer chez elle. Quelques mètres plus bas, elle entendait les femmes rire et chanter, le brasier crépiter. Soudain, une ombre masqua la lune et des bruits d'ailes gigantesques se firent entendre. Johanna hurla et se sentit aspirée vers son corps resté à des milliers de kilomètres. Elle ouvrit les yeux en même temps que Nathalie. Alicia libéra Sonia qui se jeta sur sa fille et poussa la sorcière sans ménagement. Celle-ci tomba à la renverse, entraînant un guéridon avec elle. Le tapage fit se réveiller Jean et Damien qui accoururent. Ils restèrent à la porte, tentant de comprendre la scène à laquelle ils assistaient.

Sonia serrait sa fille contre elle, caressait ses cheveux en lui murmurant de douces paroles. La petite enfouit sa tête dans la poitrine de sa mère et se mit à pleurer. Nathalie se releva maladroitement, aidée par sa femme. Personne n'osait parler, seuls les sanglots de Johanna troublaient le silence de plomb. Quand enfin la fillette se calma, elle tourna les yeux vers le couple Herbert.

— Il y avait des femmes, plein de femmes. Elles ont tué le garçon. Y en a une avec plus de cheveux et des bijoux dorés, elle a un couteau gris qui brille. Elle a tué le garçon et l'a jeté dans le feu. Après elles ont rigolé et elles ont chanté. Et puis j'ai eu peur. Je voulais rentrer mais j'y arrivais pas. Et puis, j'ai vu son ombre. J'ai crié et je suis rentrée.

La fillette avait débité ces paroles sans reprendre son souffle.

— Comment était la lune ?, interrogea Alicia.

— Euh ronde.

— Comment elle a tué le garçon ?

— Non mais ça va pas !, intervint Sonia.

— Avec son couteau... euh... sept fois, dit Johanna en comptant sur ses doigts. Et puis il a volé tout seul dans le feu.

— Johanna…, murmura sa mère.

— Comment étaient les bijoux de la femme ?, insista Alicia.

— Dorés. C'était des ailes. Un sur la robe. Un sur le front. Elle s'appelle Moira.

— Ça suffit !, coupa Sonia. Je vais la coucher. Quand je redescends, on va discuter. Vous allez m'expliquer vos conneries.

Sonia prit Johanna dans ses bras et monta à l'étage. Elle passa par la salle de bain pour rafraîchir sa fille avec un gant de toilette et lui fit boire un peu d'eau. Elle ne savait pas quoi lui dire. A vrai dire, elle se retenait de pleurer. Elle avait eu si peur. Quand Johanna fut dans son lit, bordée et prête à dormir, elle put enfin lui parler. Elle la rassura et affirma que quoiqu'elle ait vu, il ne lui arriverait rien ici. *Je te le promets.* Sonia resta auprès de sa fille jusqu'à ce que celle-ci s'endorme puis descendit, déterminée à avoir une explication. Sa décision était déjà prise : elle repartirait le lendemain pour Aurac. Hors de question de rester ici, avec ces foutues sorcières qui ne valaient sûrement pas mieux que les autres.

Alicia et Nathalie étaient attablées dans la cuisine. Elle avaient renvoyé Damien et Jean se recoucher, leur présence était inutile. Sonia entra et s'installa sans mot dire. Aucune n'osa prendre la parole. Au bout de quelques minutes, Nathalie brisa le silence d'une petite voix.

— Sonia, je suis désolée…

— Sans blague ?, la coupa la jeune femme. Je savais que vous alliez dire ça. Désolée parce que je vous ai prise en flagrant délit. Vous deviez lui apprendre à maîtriser ses dons. Je vous confie ma fille. Je vous fais confiance. Qu'est-ce que c'était que ça ?

— Johanna a découvert... un culte. Un culte dangereux, expliqua Alicia. Elle est tombée dessus par hasard en voyageant hors de notre contrôle. Il fallait en savoir plus alors je lui ai demandé d'y retourner. Je sais Sonia que vous n'êtes pas contente mais cela nous dépasse, nous et Johanna.

— Un culte dangereux et vous la renvoyez là-bas ? Elle a cinq ans, bon Dieu! Elle a beau avoir des pouvoirs, c'est une enfant.

— Il le fallait.

— Et vous avez préféré faire ça dans mon dos parce que vous saviez que je n'approuverais pas. Vous faites vos rituels à la con pour nous rendre tous amis mais vous me trahissez juste après. Moi et Johanna. Vous nous trahissez.

— C'est un culte dédiée à la Mère Première, lâcha Alicia. Le culte de la Déesse Hibou, en Ecosse.

— La Mère Première ?, rit Sonia. Ah mais oui, d'autant mieux.

— Vous comprenez, essaya d'intervenir Nathalie, il fallait savoir ce qu'il se passe. L'empêcher de sévir une fois de plus.

— J'ai pas signé pour ça. Vous vous rendez compte de ce qu'elle a vécu ? Vous l'avez entendue comme moi ? Et je me répète, c'est une enfant. Ce n'est pas un singe savant dont vous pouvez vous servir. Vous deviez l'aider à maîtriser son don pour éviter justement qu'elle n'aille dans des endroits pareils. Mais vous la jetez dans la gueule du loup, au nom de votre sacro-sainte quête ! Vous n'avez pas à utiliser ma fille. C'est fini. Nous rentrons demain à Aurac.

Sonia ne leur laissa pas le temps de répondre et remonta se coucher. Elle trouva difficilement le sommeil. Au moins sa fille dormait. Du moins, l'espérait-elle.

CHAPITRE 12

Johanna avait eu une nuit éprouvante. Non seulement elle avait été terrifiée par ce qu'elle avait vu en Ecosse mais elle avait ensuite vu sa mère angoissée se disputer avec Nathalie et Alicia. Les paroles réconfortantes de Sonia ne lui avait donné que quelques minutes de répit. Johanna avait du dormir une heure avant d'être réveillée par d'horribles cauchemars où des hiboux l'encerclaient en riant. Elle était maintenant seule dans sa chambre, les yeux fixant le plafond. Puisqu'elle se sentait mal là où elle était, autant aller ailleurs. Elle en avait le pouvoir après tout ! Johanna appliqua consciencieusement les conseils de Nathalie et son double astral quitta son corps. Elle sentit les étoiles l'aspirer et un grand vent cosmique fit voler ses cheveux. Enfin elle se mit à flotter dans un grand couloir sombre. Mais elle n'avait pas peur car elle était revenue exactement où elle voulait : le Temple de la Mère Première. Au moins, ici, elle était tranquille et faisait ses propres expériences. Parfois elle avait l'impression de sentir le sol sous ses pieds, comme si elle était physiquement là. Johanna ne savait pas encore si cela lui plaisait ou non. C'était à la fois étrange et drôle.

Elle en était là de ses réflexions quand elle aperçut une silhouette droit devant elle, au fond du corridor. Celle-ci s'approcha à toute vitesse, sans que ses pieds ne touchent terre.

C'était une fille de sa taille, maigre et pâle. Elle avait un visage lunaire, de trop grands yeux noirs et des lèvres très minces, presque pas de nez. Avait-elle seulement des oreilles ? Difficile à dire à cause de son imposante chevelure bleu nuit qui lui tombait aux chevilles. La fillette était vêtue d'une ample robe blanche dont dépassait deux mains maigrelettes et deux pieds nus et sales. Johanna n'avait pas peur, elle était intriguée. L'étrangère parla :

— Que fais-tu ici ?Et toi ? Tu vis ici ?, répondit Johanna sans se démonter.

— Oui.

— Je ne t'ai jamais vu pourtant... Je m'appelle Johanna. Et toi ?

— Demetra.

— C'est drôle comme nom. Tu viens d'où ?

— D'ici. Tu veux jouer avec moi ?

— Oui. C'est joli tes cheveux. C'est bizarre.

— Moi je les aime bien. Si tu regardes bien, tu peux y voir des étoiles. Viens, on va jouer, dit la fillette en s'éloignant.

Johanna remarqua que Demetra se déplaçait en volant à quelques centimètres au-dessus du sol. Elle adopta donc ce mode de déplacement. Cela lui parut plutôt simple. Elles firent la course dans les couloirs, jouèrent à cache-cache dans les cellules vides. Puis elles débouchèrent sur une cour intérieure qui rappela de très mauvais souvenirs à Johanna. Au-dessus d'elle, le ciel était noir et constellé de galaxies improbables, elle en frissonna. Au centre de la courée, la trappe habituellement fermée était grande ouverte. La fillette voulut attraper Demetra par le bras, mais sa main passa au travers de sa nouvelle amie. Celle-ci lui fit un signe de tête compatissant puis lui prit la main.

Cette fois leurs peaux se touchèrent.

— Je vais t'apprendre, dit Demetra. Tu verras. Et tu ne dois pas avoir peur ici. Il n'y a plus rien. Plus que nous deux. Viens, on peut aller dans la cour.

Les deux filles s'avancèrent vers la trappe et Demetra prouva à Johanna qu'elle n'avait plus rien à craindre. Elles s'allongèrent sur le sol frais et la fillette aux cheveux bleus lui parla des étoiles suspendues au-dessus d'elles.

Cette même nuit, Damien et Jean discutaient à voix basse dans leur chambre. Après que Sonia et Johanna furent couchées, le couple Herbert monta également à l'étage. Les deux hommes se sentirent exclus et virent la belle harmonie du groupe voler en éclats.

— Tu vois Damien, murmura Jean, explique-moi ce qu'on fait là. Je veux dire... On ne se connaissait pas, on a dû affronter des choses horribles ensemble, on s'est entraidés et là... plus rien. Et Sonia, je le vois bien, elle a tellement de mal. J'ai l'impression de la voir se noyer sous mes yeux sans rien pouvoir faire.

— Parce qu'elle ne te tend pas la main, dit Damien. Elle ne demande l'aide de personne. Elle n'arrive pas à se détendre.

— Elle a toujours été comme ça, à vouloiraffronter les choses seule. Jusqu'à devenir désagréable. Mais elle riait avant, on sortait boire des verres, on se faisait des soirées télé. Malgré tout, elle avait une certaine joie de vivre. Là, je sens bien que ce n'est plus le cas. Elle va faire un peu semblant mais... J'ai peur de la perdre.

— Je comprends ce que tu veux dire. En ce qui me concerne, je ne veux pas vous perdre et je n'ai pas peur de l'avouer. Vous rencontrer a été une chance incroyable pour moi. Ça m'a permis d'accepter enfin que non, je ne suis pas fou. Toutes les choses surnaturelles que j'ai vues au cours de ma carrière existent ! C'est une vérité terrible à affronter...

— Tu penses que la Mère Première reviendra ? Après tout, elle a voulu tuer Sonia et enlever Johanna.

— Je ne sais pas si la mort de Sonia était une condition à l'enlèvement de Johanna. Si oui, cela veut dire que cette sorcière est prête à tout pour avoir Johanna. Mais pourquoi ? Et après tout, elle a l'air de nous laisser tranquille pour le moment...

— Comment veux-tu qu'on les protège ?

— Bah... On ne peut pas non plus jouer les chevaliers blancs. Sonia est une sorte de guerrière solitaire, Johanna a des dons spéciaux et elles sont aidées par une sorcière et une chercheuse, dit Damien. Je ne sais pas comment les aider. Mais on ferait mieux de dormir maintenant.

Dans leur grand lit, Nathalie s'était blottie dans les bras de sa femme. Malgré la chaleur de la nuit, elle frissonnait.

— Il y a quelque chose qui ne va pas. Je le sens.

— Explique-moi ma chérie, répondit Alicia en lui caressant les cheveux.

— Un très mauvais pressentiment. Mon rituel d'harmonie était pourtant puissant mais il n'a pas tenu très longtemps. Je sais qu'on a joué avec le feu, qu'on a utilisé Johanna mais... Il y a autre chose qui se prépare.

— Johanna est une arme précieuse dans la guerre contre Ambrosia. Tu le sais aussi bien que moi. Nous n'avons pas le choix.

— Je... Je ne suis pas aussi à l'aise que toi avec cette idée. Mais je t'assure, chérie, je le sens, un truc cloche. Je me sens observée.

— Par elle ?

— Peut-être. Je ne sais pas. Je pense que je vais contacter quelques amies. J'ai besoin d'y voir plus clair...

— Je vais devoir analyser toutes les informations que Johanna m'a données et...

— Alicia !, l'interrompit Nathalie. Tu ne m'écoutes pas ! Arrête deux minutes avec Ambrosia ! Je te dis qu'il y a un truc de mauvais dans l'air, que mon rituel n'a pas fonctionné comme il aurait dû, et Sonia repart demain !

— Je t'écoute ma chérie. Je t'ai entendu. Mais c'est toi qui a le pouvoir de découvrir ce qu'il se trame. Moi je ne peux me servir que des faits, recouper les informations et établir une stratégie pour contrer cette sorcière. Toi, sers-toi de ta magie, moi de ma tête.

— Tu es désagréable, dit Nathalie en se dégageant. Je vais dormir maintenant.

Elle tourna le dos à sa femme et ne bougea plus. Alicia n'insista pas mais se lova contre elle et la prit dans ses bras, espérant se faire pardonner par ce geste. Elles finirent par s'endormir mais l'esprit préoccupé.

CHAPITRE 13

Sur le quai de la petite gare, Jean serra Sonia dans ses bras pendant de longues minutes. Il n'avait aucune envie de la voir partir, ni elle, ni Johanna. Confus, il ne savait pas comment agir, comment protéger sa meilleure amie. Alors il inspira longtemps son parfum et serra un peu plus fort. Sonia lui rendit son étreinte, trouvant un peu de réconfort dans ce dernier câlin. Jean remonterait à Aurac dans quelques jours avec Damien. Les deux hommes avaient souhaité rester avec le couple Herbert pour tenter d'apaiser les choses. Sonia comprenait leur décision mais en son for intérieur, elle aurait aimé qu'ils claquent la porte tout comme elle venait de le faire.

— Toi et moi, on doit se retrouver, glissa Jean à l'oreille de son amie. Je t'aime tellement Sonia, je voudrais vous aider Johanna et toi, je ne sais pas quoi faire. Et ça me fait chier de vous voir partir comme ça...

— Merci... Tu vas me manquer, répondit Sonia. Et à Johanna aussi. Elle va bientôt partir chez Franck pour le reste de l'été et...

La jeune femme réprima un sanglot. Jean la berça tout doucement quelques minutes encore puis la jeune femme se détacha de lui. De sa main gantée, elle essuya ses yeux embués et lui sourit. Tandis que Jean prenait Johanna dans ses bras, Damien se glissa près de la psychologue.

— Je suis désolé pour tout ça Sonia. Mais j'espère que tu comprends... Pour ma part, je ne peux pas tourner le dos aux Herbert, Alicia m'a été d'une aide précieuse. Et elles peuvent encore t'aider, toi et ta fille. Il ne faut pas couper les liens !

— Oui, mais comprends-moi aussi. Elles ont mis ma fille en danger, délibérément.

— Johanna est bien plus forte que tu ne le crois.

— Ça me fait peur...

— Allez viens-là ! dit Damien en ouvrant grand ses bras.

Il étreignit brièvement Sonia et lui sourit.

Dans le train, Sonia observa sa fille qui dormait à côté d'elle. Elle n'avait pas mis longtemps à sombrer dans le sommeil. Johanna avait été quasiment muette depuis son réveil, se contentant de répondre par des grognements. Elle devait être épuisée et ne comprenait sans doute pas pourquoi sa mère l'arrachait brutalement au cadre idyllique des Pyrénées. Sonia avait tenu à saluer Alicia et Nathalie avant de partir, leur disant simplement qu'elle pouvait partir quand elle le souhaitait et que le moment était venu.

La sorcière avait pris Johanna dans ses bras après l'avoir interrogée du regard. Sonia avait donné son approbation d'un hochement de tête. Johanna avait été distante et ronchonne, même avec elle.

Dans le train, la fillette s'était lovée sur son siège, côté fenêtre. Sonia caressa les boucles brunes de sa fille. L'été était bel et bien fini. Retour à la vie normale: Johanna allait passer quelques semaines chez son père, cela voulait dire refaire les bagages, passer de longues minutes à faire les recommandations d'usage à son ex-mari, lutter contre le souvenir de sa claque, le regarder prendre la main de sa fille et l'emmener. Embourbée dans ses pensées négatives, Sonia laissa son regard se perdre dans la contemplation du paysage.

Elle ne vit pas Johanna ouvrir discrètement les yeux, pas plus qu'elle ne la vit saluer son amie aux cheveux bleus d'un léger signe de la main. Demetra, debout dans l'allée, sourit à la fillette et la regarda s'endormir avec bienveillance.

DEUXIEME PARTIE

Le Pays de l'Autre Côté

CHAPITRE 14

Le silence régnait en maître dans la pièce. Sonia ne s'était pas aperçu que la musique s'était arrêtée. Elle prit son téléphone sur son bureau et relança Deezer. Agnès Corbel. Très bien. Ça allait avec l'ambiance. Dehors, le ciel était gris et la pluie menaçait, un léger vent faisait voler les premières feuilles mortes. L'automne s'était installé. Les notes de piano résonnèrent dans le cabinet de la psychologue dans lequel s'entassaient quelques cartons. Les cadres avaient été décrochés des murs et soigneusement empaquetés, les meubles protégés par de vieux draps pour le déménagement à venir et les dossiers et livres sagement rangés dans de grands cartons. Sonia s'assit en tailleur sur la moquette et contempla ce qui avait été son lieu de travail. Elle avait repeint elle-même les murs, chinés des meubles, pensé cet endroit pour qu'il soit agréable pour les patients comme pour elle. *Fin d'une époque*. La fenêtre brisée par Martine Sanoise avait été remplacée. Sonia la fixa quelques instants. Elle se souvint du bruit de verre brisé, de l'entrée fracassante de Damien, des coups, de la pierre chauffant dans sa main, de la peau de Martine absorbant l'étrange talisman... La jeune femme cligna des yeux et reprit ses esprits. Elle avait pris la bonne décision. Il lui était impossible de reprendre ses consultations ici, l'endroit était maintenant associé à cette tentative de meurtre, à la sorcellerie, à la Mère Première. Sonia regarda sa main droite. Sous le gant noir, elle sentait les runes gravées dans sa paume qui la picotaient comme de petites aiguilles. Elle poussa un soupir, se força à respirer calmement. Elle en avait longuement parlé avec Joseph Herbelin, son propre psychologue, et la solution était évidente : elle devait déménager. Le spécialiste l'avait orienté vers de jeunes collègues qui avaient décidé d'ouvrir un cabinet commun au nord d'Aurac. Sonia aurait préféré rester dans son quartier et surtout seule. Mais là encore, Joseph Herbelin avait mis le doigt sur un point sensible : Sonia n'avait pas intérêt à trop jouer les solitaires. Après tout, elle avait déjà travaillé avec d'autres personnes au sein du Centre d'Information sur les Droits des Femmes et des Familles. Sonia regrettait de ne plus pouvoir donner de son temps dans cette structure mais là encore, il lui était impossible de retourner là-bas. Elle trouverait bien d'autres activités militantes. *Si tu as le temps, ma fille.*

Son arrêt forcé n'avait pas été sans conséquences. Elle avait pu trouver un remplaçant mais certains patients avaient préféré attendre son retour ou abandonner leur thérapie. Sonia faisait également face à un problème plus terre-à-terre : elle devait baisser ses charges. Un loyer moins conséquent ferait du bien à ses comptes. La jeune femme avait pris contact avec ses quatre futures associées et le projet était emballant du point de vue financier. Elles occuperaient un appartement dont elles s'étaient attribuées chacune une pièce. Un salon avait été transformé en salle d'attente, la petite cuisine était restée telle quelle servant ainsi de salle de pause, de même que la salle d'eau car deux des autres psychologues pratiquaient une activité sportive le midi. Le seul problème était sans doute l'éloignement du centre-ville mais le quartier était facile d'accès. Sonia avait prévenu ses patients que sa nouvelle adresse serait effective en octobre. On était vendredi, elle avait juste le temps de terminer ses cartons. Le lendemain, Jean l'aiderait à déménager ses affaires avec une camionnette de location. Son meilleur ami était d'ailleurs ravi de ce changement, lui qui attendait avec impatience de voir Sonia faire de nouvelles connaissances.

Sonia se releva, secoua ses jambes engourdies et termina tranquillement de ranger ses affaires. Elle devait chercher Johanna à l'école. Les relations avec sa fille s'étaient tendues. Cette dernière avait mis un certain temps à digérer le départ précipité des Pyrénées et il avait fallu plusieurs discussions mère-fille pour mettre les choses à plat. La fin de l'été passée chez son père avait semble-t-il permis à la petite fille de se changer les idées. La rentrée avait été compliquée. Sonia avait eu rendez-vous avec le nouveau professeur de Johanna quelques semaines après son arrivée en grande section. La fillette ne se mêlait pas aux autres enfants, leur jetait parfois des regards méchants. Elle était très renfermée mais débordait d'imagination dès qu'il était question de dessiner, de raconter, de créer. Le malaise avait atteint un point de non-retour quand Johanna avait menacé plusieurs camarades de leur jeter des sorts ; elle était maintenant qualifiée de sorcière dans toute l'école. Ce qui avait débouché sur une nouvelle discussion les yeux dans les yeux. Sonia était passée par tous les états : l'inquiétude, la colère, la menace, le désespoir... Ce qui n'avait pas arrangé les choses, elle en avait bien conscience. Bien sur, la directrice de la maternelle avait tenté d'en apprendre plus sur l'histoire de la famille, sur les relations avec ses parents... Pour conclure d'un air las que Johanna avait sans doute besoin de rencontrer un pédopsychiatre. Sonia adhérait à cette idée mais à qui confier une gamine de cinq ans aux pouvoirs paranormaux qui s'était formée plusieurs semaines avec une sorcière ? Qui avait assisté à un meurtre rituel en Ecosse via un voyage astral ? Johanna ne voyait donc personne et gardait ses secrets pour elle. Les moments de complicité devenaient de plus en plus rares malgré les efforts de Sonia. Sa fille lui échappait petit à petit. Le couple Herbert aurait sûrement une adresse à indiquer, Alicia connaissait forcément un parapsychologue pour enfants. *Forcément.* Mais la jeune femme n'avait pas repris contact avec les Herbert depuis l'été. La peine était encore trop forte, la trahison trop récente.

Sonia éteignit la musique, mit sa veste et prit ses clés. *T'as la tête pleine d'idées noires maintenant, imbécile.* Elle referma la porte de son bientôt ancien cabinet et prit le chemin de l'école, en se demandant comment allait se passer la soirée avec sa fille.

CHAPITRE 15

Jean sentit craquer son dos quand il se redressa. Il venait de poser le dernier carton dans le nouveau bureau de Sonia. Il regarda la pièce d'un air satisfait. Le jeune homme ne pouvait s'empêcher d'être excité pour son amie : c'était un nouveau départ pour elle, l'occasion de laisser derrière elle cette histoire avec Martine Sanoise, avoir des collègues de travail, lier de nouvelles relations... Sonia se glissa près de lui sans un bruit. Quand Jean la sentit près d'elle, il passa un bras autour de sa taille. Elle posa lors sa tête contre son épaule et soupira. Jean lui fit une bise dans ses cheveux et la serra un peu plus fort.

— Voilà ma belle. Plus qu'à ranger tout ça. Tu vas voir, ça va être chouette ici. J'aime beaucoup l'agencement des pièces.

— Oui, les filles ont fait un bon boulot. Je suis arrivée après la bataille.

— Encore négative...

— Oui. Je sais bien. Je ressens un mélange d'excitation et d'appréhension. Je suis vraiment contente de reprendre le boulot.

— Je sais, ne t'inquiète pas. Tu adores ton job. Tu vas voir, tu vas t'approprier cet endroit. Tu vas laisser toutes ces ombres derrière toi.

— Tu as raison, grand imbécile. Allez, faut qu'on aille rendre le camion et j'aimerais appeler Johanna avant de commencer le rangement.

— Avant ça, j'ai un cadeau à te faire », dit Jean en s'éloignant d'elle.

Le jeune blond chercha des yeux son sac à dos qui avait disparu derrière une pile de boîtes en carton. Il finit par le trouver, fouilla dedans quelques secondes et revint vers Sonia en lui tendant une enveloppe. La psychologue trouva dedans un bon pour plusieurs séances de yoga. Elle regarda Jean en souriant.

— Je souhaite, chère Sonia Saint-Erme, que dans ta nouvelle vie, tu vas me fasses le plaisir de prendre du temps pour toi. Je suis certain que le yoga te fera le plus grand bien. Cette prof est géniale, je le sais, c'est la mienne.

— Alors on va faire du yoga ensemble ? C'est ça que tu es en train de me dire ?

— Oui ma belle.

— Ah ben ça !, s'exclama Sonia en riant. Merci Jean. Ok, je vais essayer le yoga avec toi, mais je sais pas si ta prof arrivera à faire bouger toute ma graisse.

Après avoir rendu la camionnette de location, Sonia et Jean déjeunèrent dans un fast-food puis retournèrent au nouveau cabinet de la psychologue. L'appartement réaménagé se situait au deuxième étage d'un vieil immeuble dans une petite rue anonyme du nord d'Aurac. L'entrée donnait sur un grand couloir qui partait vers la gauche, desservant ainsi toutes les pièces. Le parquet était vieux mais en bon état, et sur les murs peints en blanc, quelques cadres avaient été accrochés. Sonia avait expliqué à Jean que toutes ces photos représentant des paysages de montagne avaient été pris par Malika Tahan, une des psychologues. Sportive accomplie, elle partait tous les étés en treck avec un groupe de passionnés. A droite du couloir, on trouvait dans l'ordre la cuisine, les toilettes et la petite salle de bain puis le bureau de Sonia et celui de Carole Rivière. A gauche : la salle d'attente, les bureaux de Charlotte Lesage et Estelle Morin. Au bout du couloir se trouvait la dernière pièce où officiait Malika.

La salle attribuée à Sonia était bien plus petite que son ancien cabinet mais cela lui convenait. Elle avait revendu une partie des meubles de son ancien lieu de travail pour ne garder que son bureau qu'elle avait installé à droite de la porte d'entrée. Au fond de la pièce, près de l'unique fenêtre, on retrouvait le canapé pour les patients et un fauteuil pour elle. Quelques étagères accueilleraient livres et plantes vertes, les cadres seraient raccrochés sur les murs couleur crème et le tapis usé recouvrirait en grande partie le parquet grinçant. Mais pour l'heure, la pièce ressemblait encore à un débarras. Sonia, aidée de Jean, avait le week-end pour aménager son bureau afin de recevoir ses patients dès le lundi matin. La psychologue attendait Thérèse Lhéritier, une vieille femme qui la consultait depuis de longs mois pour des terreurs nocturnes. A la lumière de ses nouvelles connaissances, Sonia se demanda si elle devait envisager le problème de cette femme autrement. Ses cauchemars étaient-ils uniquement le fruit de son esprit ? Ou était-elle en contact avec autre chose ? *Ok, ma fille, ressaisis-toi.* Ses rêveries furent interrompues par Jean qui lui rappelait qu'elle devait appeler sa fille. Johanna passait le week-end chez son père. Sa mère fit une grimace à l'idée de devoir parler à Franck, mais composa le numéro.

— Maman ?

— Comment tu vas poussin depuis ce matin ?

— Ça va. Papa m'a mis un dessin animé. Après on a mangé des pâtes. Et puis on va au cinéma.

— Oh vraiment ? C'est chouette, ça !, répondit Sonia en maudissant son ex de mettre Johanna devant un écran toute la journée.

— Oui. Maman... je voulais te dire un truc.

— Dis-moi mon poussin, l'encouragea sa mère.

— Est-ce que je peux venir te voir ce soir ?

— Oh Johanna, on en a déjà parlé... C'est non. Je ne veux pas que tu utilises ton pouvoir comme ça. Moi aussi j'aimerais te voir ma puce, tu sais, mais pas comme ça.

— Mais maman... dit Johanna d'une voix plaintive.

— Non. Cette nuit, tu dors comme une sage petite fille. Tu vas me dire que tu sais voyager maintenant comme Nathalie t'a appris mais tu sais que c'est dangereux quand même.

— Je saurais le faire si on était pas parties, asséna Johanna avec insolence.

Ce n'était pas la première fois que la petite reprochait à sa mère le départ impromptu des Pyrénées.

— De toute façon, tu veux pas que je le fasse parce que tu as peur. Moi, j'ai pas peur. Je sais voyager.

— Stop Johanna !, la coupa sa mère. J'ai dit non, un point c'est tout. Euh écoute, tu profites de ta journée chez papa, d'accord ? Je rappellerai ce soir avant que tu dormes pour dire bonne nuit. On se verra en vidéo, qu'est-ce que tu penses ?

— Moui..., maugréa la petite.

La fin de la conversation fut froide entre la mère et sa fille. Sonia freinait le plus possible l'enthousiasme de Johanna pour le voyage astral. Mais il fallait se rendre à l'évidence, ce n'était pas la bonne solution. Après tout, Johanna pouvait très bien braver son interdit, elle n'en saurait jamais rien. *C'est elle qui a l'avantage. Le principal est qu'elle ne s'en aperçoive pas.* L'idée faisait lentement son chemin dans l'esprit de la jeune femme : elle allait devoir recontacter Nathalie Herbert. Johanna ne pouvait pas errer seule dans la nature avec des dons pareils.

Le dimanche en fin d'après-midi, Sonia put contempler son nouveau bureau enfin rangé. Elle était surtout heureuse de voir que la connexion Internet fonctionnait, elle avait ainsi pu mettre de la musique toute l'après-midi. Elle avait écouté de vieux standards de rock pendant des heures pour chasser les idées noires.

On frappa à la porte derrière elle. Carole Rivière, qui avait son bureau à côté du sien, entra un grand sourire aux lèvres. Sourire qui ne quittait jamais son visage. C'était une petite femme d'une quarantaine d'années, avec un carré blond rayonnant et toujours habillée de vêtements flashy. La première fois que Sonia l'avait rencontrée, elle lui avait fait penser à une elfe ou une petite fée. Le cabinet de Carole était plus grand que le sien. Pédopsychiatre, elle avait besoin de plus d'espace pour accueillir les enfants en consultation. Comme souvent, ce fut elle qui prit la parole la première.

— Alors, bien installée ?

— Oui, ça y est. Ouf ! Je suis lessivée, je pue... Vivement la douche, répondit Sonia.

— C'est vraiment sympa, c'est cosy.

— Merci.

— Tu récupères ta fille ce soir alors ? Déformation professionnelle ou simple curiosité,

Carole ramenait très facilement la conversation sur le thème des enfants. Sans s'en rendre compte, Sonia avait lâché en une conversation ses difficultés avec Johanna. Depuis, Carole prenait des nouvelles régulièrement. Elles se connaissaient depuis quelques semaines à peine mais un lien de confiance s'était déjà installé entre les deux femmes. Elles furent interrompues par la porte d'entrée qui s'ouvrait à l'autre bout du couloir. Les trois autres psychologues firent leur entrée, chargées de paquets. Les cinq femmes finirent l'après-midi dans la petite cuisine, à papoter autour de café et de thé. Dans ce petit cercle féminin, où le paranormal n'existait pas, Sonia fut surprise de se sentir à l'aise. C'était une sensation qu'elle n'avait pas connue depuis si longtemps.

CHAPITRE 16

Quelque part, entre un ciel et une terre qui n'étaient pas de notre monde, Johanna et Demetra se laissaient porter par une brise légère qui faisait voler leurs cheveux. La petite brune aimait particulièrement ces moments de calme où elle pouvait se reposer après avoir joué à la course avec sa nouvelle amie. Une dizaine de mètres sous elle, s'étendait une grande plaine d'herbe pourpre dans laquelle batifolaient des milliards de papillons argentés. Dans le ciel bleu pâle, un gigantesque croissant de lune apparaissait petit à petit. Johanna savait que ce n'était pas SA lune. Demetra lui faisait visiter des endroits fabuleux et lui en apprenait toujours plus sur ses pouvoirs. Johanna attendait impatiemment chaque soir de se mettre au lit pour rejoindre son amie. Elles se retrouvaient toujours dans l'ancien Temple de la Mère Première, qui était maintenant le leur. Il paraissait plus petit et moins sombre. Après que Johanna ait raconté à Demetra qu'elle aimait dessiner, cette dernière lui avait appris à le faire en utilisant ses doigts comme pinceaux, sans avoir besoin de peinture, simplement en se concentrant. L'étrange fillette aux cheveux bleus maîtrisait son art mais Johanna progressait de plus en plus vite. Les vieilles pierres étaient maintenant recouvertes de paysages colorés, d'animaux improbables, de visages étranges, du sol au plafond. C'était bien plus amusant que de se limiter à une vulgaire feuille blanche et des crayons de couleurs. Parfois, la vie réelle paraissait fade à Johanna. A l'école, elle trouvait les autres enfants sans intérêt, les journées paraissaient sans fin et surtout sans magie. Sa mère ne voulait même pas la laisser voyager.

Ses sentiments envers cette dernière étaient complexes. Johanna aimait profondément sa mère, ses bras réconfortants, sa voix douce, son corps fabuleux contre lequel elle pouvait se lover en ayant parfois l'impression de s'y enfoncer. Comme un doudou géant. Mais elle voyait un fossé se creuser entre elles. La fillette sentait bien que sa mère ne savait pas comment gérer ses pouvoirs. Elle pouvait également ressentir sa peur, sa méfiance face à quelque chose qu'elle ne comprenait pas. Mais Johanna avait découvert autre chose qui l'avait bouleversée. Quand Alex l'avait contactée par l'intermédiaire de ses rêves, des mois plus tôt, la fillette avait réalisé que sa mère avait eu une vie avant elle. Sonia avait été jeune, elle avait aimé un autre homme que son père. La fillette avait aussi découvert la maison de ses grands-parents qu'elle ne connaissait pas.

Soudain Johanna stoppa net le fil de ses pensées. Demetra tourna la tête vers elle comme si elle l'avait senti.

— Qu'est-ce qu'il y a ?

— Je voudrais aller dans un endroit mais maman ne voudrait pas.

— C'est un endroit dangereux ?

— Je ne sais pas. C'est là où habitent le papa et la maman de maman. Je ne les ai jamais vus. Mais je sais où ils habitent. Alex me l'a montré dans les rêves de maman.

— Alex ?

— L'amoureux de maman avant papa. Bien avant papa. Il est mort. Il est horrible et méchant. Il m'a emmené dans les rêves de maman, il avait besoin de moi pour y aller. Mais il peut plus maintenant, je l'ai bloqué. Tu vois les gens morts, toi ? Moi oui. J'en ai vu une cette été, une dame. Et l'amoureux de maman mais seulement quand je dormais.

— Des fois je leur parle. Mais c'est dangereux. Tu dois pas parler aux personnes non vivantes. Elles errent dans le Pays de l'Autre Côté...

— ... Ins Gehaïth, finit Johanna.

Soudain, elle se sentit aspirée vers le haut. Sans prévenir, elle réintégra son corps. Elle ouvrit les yeux sur l'obscurité, il faisait encore nuit. Johanna ressentit comme une piqûre sur ses orteils droits. Elle laissa ses sens s'apaiser comme le lui avait appris Demetra. Quand un voyage astral était interrompu, le retour dans le corps pouvait être brutal. Il fallait alors prendre le temps de respirer et d'observer avant de faire le moindre mouvement. Johanna sentit de la chaleur à ses pieds et entendit la couette se froisser. Chanel. La chatte jouait avec ses orteils et venait de la griffer, ce qui l'avait ramenée ici-bas. La fillette se redressa et se mit à chercher l'animal. Puis elle s'arrêta net. Elle était chez son père. Ce n'était pas Chanel mais ce stupide chaton qui appartenait à sa belle-mère. Un siamois pervers et joueur du nom de Boss. Johanna sentit enfin les poils sous ses doigts. Le chat se mit à ronronner et la fillette fut aussitôt attendrie. Elle le prit dans ses bras et se recoucha. Dans un coin de sa tête, elle entendit l'étrange voix de Demetra qui s'inquiétait. Johanna la rassura puis s'endormit. Elle avait encore beaucoup à apprendre mais avoir Demetra comme mentor avait changé sa vie. La fillette aux longs cheveux bleus était patiente et savait de quoi elle parlait, pas comme Nathalie. Bien sûr, la sorcière s'était montrée gentille avec elle et elle lui manquait mais Johanna comprenait maintenant que cette femme avait des pouvoirs très limités et bien inférieurs aux siens.

CHAPITRE 17

« On a retrouvé mon père, ce sera dans tous les journaux demain ».

La jeune femme venait de lancer cette phrase d'une voix ferme à Sonia, droit dans les yeux, sans ciller. La psychologue ne put s'empêcher de retenir son souffle une fraction de seconde en entendant la nouvelle. Marion Delgado avait pris un rendez-vous en urgence après des mois d'absence, Sonia comprenait maintenant pourquoi. Le retour de Paul Delgado n'allait pas bouleverser uniquement sa fille, il allait toucher des milliers de personnes à travers le monde. L'écrivain à succès, auteur d'une vingtaine de best-sellers, dont une bonne majorité adaptée au cinéma, s'était évanoui dans la nature quatre ans plus tôt sans laisser de trace. Cette disparition avait bien sûr contribué à forger une légende et à augmenter les ventes de ses ouvrages. Comment Marion allait-elle le vivre, elle qui avait déjà traversé tant d'épreuves ?

Devant le mutisme de sa psychologue, la jeune fille eut un petit sourire. Elle avait eu elle-même cette réaction quand un officier de police l'avait appelée quelques jours plus tôt. Quelques secondes d'incrédulité. Un moment suspendu où elle avait pris la nouvelle comme un mur à 130 km/h. La jeune femme sentit des picotements dans sa jambe gauche, la mauvaise, la tordue, celle qui la faisait boiter depuis toujours. Elle prit son genou dans ses mains et lui fit faire de petits mouvements pour dégourdir le membre endolori. Ce qui eut le mérite de sortir Sonia de sa torpeur.

— Pouvez-vous m'en dire plus ?, demanda la psychologue.

— Il a été retrouvé à Masaya au Nicaragua, il y a une quinzaine de jours. Sur les pentes du volcan, comme surgi de nulle part. Des gens l'ont reconnu : il n'a pas changé en quatre ans. J'ai reçu des photos par mail. C'est exactement le même. Ni amaigri, ni plus ridé, rasé comme à son habitude. Il dit ne pas se souvenir des quatre dernières années, ni de ce qu'il fait au Nicaragua.

— Vous lui avez pas parlé ?

— Non, j'ai juste eu un contact avec la police française et l'ambassade. Il atterrit demain à Paris. Je le retrouve là-bas, il y aura des formalités puis nous rentrerons à Aurac le lendemain.

— Il me semble que vous n'avez plus d'appartement à Paris, vous l'aviez revendu pour vous installer ici, je me rappelle.

— Oui mais nous irons à l'hôtel, tout est déjà prévu. J'ai vu ça avec mon avocat et mon agent-comptable. Nous allons gérer son retour tous ensemble. On va éviter la presse dans un premier temps, juste un communiqué pour certifier son retour... Après on verra ce qu'il veut faire... J'ai pris les dispositions nécessaires pour qu'il s'installe dans notre maison à Miraille, vous voyez au nord de la ville ? Il y a plein de fermes, de manoirs perdus dans la campagne là-bas...

— Vous allez vivre avec lui ?

— Je ne sais pas. Oui, sûrement, dans un premier temps. Papa et moi on n'a jamais été très copains... Mais je ne vais pas le laisser tout seul comme... comme il m'a laissée toute seule après la mort de maman.

— Ce sont les premières pensées qui vous viennent par rapport à son retour ?

L'histoire de la famille Delgado était une tragédie qui avait fait les choux gras des journaux. Paul était un écrivain de génie qui fuyait la presse et la publicité. Discret, sans humour, mais érudit, passionné par les grandes affaires criminelles dont il s'inspirait pour créer de nouvelles histoires. Il s'était marié à Deborah Carter, une célèbre mannequin new-yorkaise de 16 ans sa cadette. Harcelée par les médias, pointée du doigt comme une croqueuse de diamants, Debby avait fait plusieurs dépressions. C'était l'amour inconditionnel que lui portait Paul qui l'avait fait tenir. L'arrivée de Marion s'était accompagnée de son lot de problèmes. Paul ne voulait pas d'enfants et avait fait semblant de ne rien voir quand sa femme avait arrêté sa contraception. La malformation de Marion avait empêché la petite de marcher normalement dès ses premiers pas. Debby avait amené dans la vie de Paul la célébrité et les paparazzis. Tout s'était enchaîné à une vitesse folle. Mais le couple avait tenu. Jusqu'à ce jour fatidique où le corps de Deborah avait été repêché dans la Seine. Quelques semaines avant les 17 ans de Marion. Un peu plus d'un an plus tard, Paul avait disparu sans laisser de trace. Marion avait essayé de s'en sortir seule à Paris, de commencer des études de médecine mais à 19 ans, elle avait quitté la capitale pour s'installer dans la ville natale de son père et commencer une nouvelle vie.

La jeune fille était très intelligente et avait la tête sur les épaules mais elle avait fini par consulter Sonia. Le suicide de sa mère, la disparition de son père, être une enfant non désirée... On peut avoir une tête bien pleine mais supporter ces événements sans broncher aurait relevé du miracle. Sonia se souvenait parfaitement de sa première consultation, deux ans auparavant. Elle avait accueilli une jeune fille, bien maigre et bien pâle, qui s'appuyait sur sa canne pour se déplacer. Ses yeux marrons en amandes donnait un air singulier à son visage rond, ils irradiaient d'intelligence et de confiance en soi. Depuis, Marion avait su mener sa barque, devenant une figure incontournable dans l'art du maquillage grâce à sa propre chaîne Youtube. Elle n'était plus « la fille de » mais une jeune femme d'affaires en pleine ascension.

Sonia attacha ses cheveux en queue de cheval et nota quelques mots sur son carnet en écoutant sa patiente. Marion n'avait jamais eu aucun mal à s'exprimer, c'était un coquillage complètement ouvert qui avait des choses à raconter. Elle avait besoin d'une oreille attentive, d'une aide pour mettre toutes ses pensées dans l'ordre. Elle avait qualifié Sonia de « femme de ménage » de son cerveau. La psychologue aimait son esprit vif et les chemins qu'il empruntait pour surmonter son état dépressif.

Marion se pencha une nouvelle fois pour masser son genou. Ses longs cheveux ramenés sur le côté droit de sa tête cachèrent ses yeux un instant. Le côté gauche de son crâne était rasé et tatoué : trois roses entremêlées aux épines acérées.

— Vous croyez qu'il pourrait venir vous voir si besoin ?

La question surprit Sonia mais elle n'en montra rien.

— Non malheureusement, je ne peux pas recevoir un père et sa fille. De plus, je doute que votre père soit du genre à consulter un psychologue. Nous allons nous arrêter là pour aujourd'hui. On va refixer un rendez-vous très vite et vous m'appelez n'importe quand, d'accord ?

— Merci. Je vais voir comment vont se passer les retrouvailles... Je ne sais pas... J'appréhende mais c'est normal. Bah, de toute façon, je doute qu'il se mette à m'aimer d'un coup.

— Vous allez prendre les choses une par une, comme vous savez le faire. Vous avez déjà très bien géré les préparatifs pour son retour. Je ne m'en fais pas pour la suite. Vous savez que ce sera compliqué au début mais vous êtes forte, madame Delgado.

La consultation terminée, Sonia descendit fumer une cigarette dans la rue. Le vent d'automne fit jouer les boucles de ses cheveux et elle frissonna. Le retour de Paul Delgado. Où était-il passé pendant quatre ans ?

CHAPITRE 18

Les jours suivants furent mouvementés. La réapparition de Paul Delgado bouleversa les programmes habituels des médias, télévision et radio suivirent en direct l'arrivée de l'écrivain en France, la presse écrite multiplia les pages spéciales. Sur Internet, les réseaux sociaux s'en donnèrent à cœur joie et les théories les plus folles sur la disparition de Delgado fleurirent çà et là. La presse people ne manqua pas de prendre des photos de Marion en remettant en une la mort tragique de sa mère. Sonia suivit tout ça le cœur serré en pensant à sa patiente qui avait déjà vécu l'enfer. Voilà qu'un événement heureux, le retour de son père, devenait une attraction morbide. Assise dans le fauteuil confortable de son coiffeur, Sonia jeta un œil sur un des torchons qu'on lui avait donné à lire. Curiosité malsaine peut-être, elle ouvrit le magazine aux pages consacrées à l'événement. La pseudo-journaliste qui avait écrit le dossier s'intéressait à la personnalité de Paul Delgado, qu'elle rendait responsable de la mort de sa femme, mais aussi à celle de Marion. Car, enfin, une jeune femme qui laisse tomber la médecine pour le maquillage, c'est suspect. Et ce look, ces tatouages sur le crâne... Quelles étaient donc les mauvaises fréquentations de cette riche orpheline qui...

Sonia referma le magazine et le remit sur la pile avec ses comparses. Elle jeta un œil dans le coin aménagé pour les enfants. Car c'était bien là l'atout de ce salon de coiffure : pas besoin de faire garder Johanna. Celle-ci était assise à une petite table de plastique et dessinait. Sa mère la voyait toujours manier ses crayons de couleur mais Johanna ne lui avait pas montré ses œuvres depuis longtemps. Elle devait les garder pour elle. La petite fille avait bien sûr le droit d'avoir un jardin secret mais ce comportement était nouveau. A mettre sur le crédit de la tension qui régnait entre mère et fille. Car Johanna en voulait toujours à Sonia d'avoir quitté les Pyrénées trop tôt. C'était évident.

A quelques mètres de sa mère, dont la coiffeuse coupait les cheveux avec dextérité, Johanna s'appliquait avec un crayon bleu nuit. Quand elle fut enfin satisfaite de la chevelure de Demetra, elle reposa le crayon et contempla son œuvre. Puis elle plia bien vite la feuille et la rangea précieusement dans son petit sac. La petite brune prit cette fois-ci une princesse quelconque à colorier. Elle ne comprenait pas vraiment l'intérêt des coloriages puisqu'ils bridaient son imagination mais la fillette avait bien compris qu'elle devait jouer double jeu. Demetra lui avait patiemment expliqué que les adultes attendaient toujours d'un enfant un certain comportement alors autant le leur donner pour avoir la paix mais sans être dupe. Il fallait ruser. C'était un mot qu'elle employait beaucoup. Bien que son amie ne lui dise presque rien de ses origines, Johanna avait saisi que Demetra avait du échapper à beaucoup de dangers pour enfin être libre de faire ce qu'elle voulait. L'étrange fille aux cheveux bleus n'avait pas de parents. « Un jour, je suis apparue, lui avait-elle raconté, je n'ai jamais été bébé, je suis ainsi et le serais toujours. C'est comme ça ». Les pensées de Johanna furent interrompues par Pauline, la coiffeuse, qui lui demandait de venir prendre son tour. La petite fille avait bien spécifié qu'on ne lui coupe pas trop de cheveux. Elle les voulait jusqu'à terre même si sa mère faisait la grimace.

Ce vendredi soir, Sonia, Jean et Damien étaient attablés dans leur bar habituel. La soirée était calme, le vent faisait battre la pluie contre les fenêtres. Dehors, les badauds se pressaient sous leur parapluie. Quand Sonia eut fini de parler de son nouveau cabinet et de ses collègues, le silence s'installa entre les trois amis. La psychologue pouvait sentir leur gêne et les questions qu'ils retenaient. Elle prit une gorgée de whisky puis parla.

— Oui, je le savais avant que ça sorte dans la presse. Sa fille est venue me voir la veille. Posez-moi la question directement, ce sera plus simple.

Les deux hommes relevèrent la tête. Jean esquissa un sourire et Damien, toujours avide d'informations, la questionna.

— Je me doutais bien. Je sais que tu ne peux pas nous dire grand chose mais comment va-t-elle ? Enfin, tu vois bien tout ce qui sort dans les journaux...

— Elle va bien. Et ne lis pas toutes ces conneries, tu sais bien comment ils sont. Remettre en une le suicide de sa mère, c'est vraiment dégueulasse. Je hais ces gens.

— Oui, j'ai vu ça aussi, ajouta Jean. Je comprends l'engouement autour de cette histoire mais évidemment... On est tous d'accord là-dessus. Moi, je me demande quand même où il était pendant quatre ans. Je suis désolé mais y a un truc bizarre.

— Il a seulement des vêtements dont on ne connaît pas l'origine, précisa Damien.

— Oui, c'est dingue ! Et pourquoi au Nicaragua ?

— Masaya est une des portes de l'Enfer.

Jean et Damien regardèrent leur amie avec de grands yeux.

— Ben quoi ? J'ai fait mes devoirs, reprit Sonia satisfaite de son effet. Il y a six portes qui mènent à l'Enfer dans le monde. Une au Belize, une en Grèce, une aux Etats-Unis, c'est Salem, d'ailleurs, en Irlande et en Ethiopie. Masaya c'est un volcan, toujours très actif et avec un tas de légendes autour. Et entre ce que croyaient les autochtones et ce que les missionnaires espagnols ont rajouté par-dessus... M'enfin, j'ai trouvé ça sur Internet, hein. Je suis sûre que certains diront qu'il n'y a pas six portes mais trente-deux. Quoiqu'il en soit, ça m'a intrigué.

— Donc Paul Delgado s'est offert un treck en Enfer pendant quatre ans... ironisa Jean.

— Hum... peut-être, poursuivit Sonia. Je ne l'ai jamais connu, je n'ai eu sa fille en consultation qu'après sa disparition. Mais des conversations avec elle et de ce qu'on a pu lire dans toutes ses biographies, Paul était fou de sa femme. Ça ne me paraîtrait pas illogique qu'il soit parti la chercher.

— Une vraie détective en herbe, rit Damien. J'aime beaucoup ! Je vais t'engager Sonia, fais gaffe !

— T'auras jamais de quoi me payer !, répondit la psychologue en riant de bon cœur.

Cette nuit-là, Sonia eut du mal à s'endormir. A la lisière de sa conscience, elle sentait une présence. Elle ne put s'empêcher de penser à Alex. Mais après tout, cela pouvait être sa fille en balade (alors qu'elle le lui avait formellement interdit) ou même Nathalie Herbert essayant de reprendre contact. *Oui, fais donc la liste des personnes qui pourraient te contacter à travers les pensées... Je ne vois pas où est le problème !* La jeune femme acceptait de mieux en mieux la présence du paranormal dans sa vie mais tout de même... Sa main droite se mit à la démanger. Sonia l'imaginait parfois comme un détecteur à connerie supernaturelle. Comme l'épée Dard de Frodon qui s'illuminait quand des Orcs étaient dans les parages. Il faudrait qu'elle y fasse plus attention. Sonia ne se souvint pas de ses premiers rêves, où ses pieds nus foulaient une terre froide recouverte de brouillard, où sa fille la prenait par la main pour l'éloigner d'un danger, où le ciel était rempli d'oiseaux.

CHAPITRE 19

Le regard désapprobateur de Jean ne l'empêcha pas de tirer une longue bouffée sur sa cigarette. Oui, elle le savait bien que c'était stupide de s'y être remise après tant d'années mais elle avait quand même le contrôle. Elle fumait quoi, trois ou quatre clopes dans une journée ? Ce n'était pas énorme. Et elle n'avait pas envie de plus. Mais Sonia soupçonnait surtout Jean de lui en vouloir de fumer juste après une séance de yoga. La jeune femme avait tenu parole et accepté les bons offerts par son ami. Leur première séance lui avait même fait du bien, une fois digéré les regards des autres participants quand ils avaient vu ses kilos arriver dans la salle. *Peace and love et tolérance mon cul*, avait-elle pensé en s'installant. Heureusement, la prof n'en avait que faire. Sonia avait pris conscience que même quelques étirements l'avaient aidé à se détendre au moins une petite heure. Une heure pour elle-même qu'elle avait réussi à caser dans son emploi du temps. Il fallait maintenant qu'elle reste assidue et pour cela, rien ne valait Jean qui savait très bien lui mettre la pression quand il le voulait.

Persuadé que le yoga aiderait sa meilleure amie, il avait bien l'intention d'insister chaque semaine pour qu'elle se rende à au moins une séance. Mais pour l'heure, il fallait qu'elle file à son cabinet. Elle aurait juste le temps de manger un sandwich et de prendre une douche. Celle qu'elle n'avait pas pu prendre le matin même. *Merci poussin.*

Johanna avait décidé de ne pas aller à l'école ce jour-là. Bien sûr, ce n'était pas la première fois qu'elle lui faisait le coup mais la petite fille avait décidé d'être têtue jusqu'au bout, jusqu'à la punition. Sonia avait fini par lui confisquer tout son matériel de dessin : les feuilles, les crayons de couleur, les feutres... tout. Pour ensuite s'en vouloir d'avoir trouvé une punition aussi stupide. Mais le mal était fait. Et à la fin, elle avait quand même déposé Johanna dans sa classe. Cependant, une chose tracassait la psychologue. Elle n'était pas sûre d'elle. Elle ne voulait même pas y penser. Pourtant... Johanna avait-elle commencé à murmurer quelque chose à voix basse en fixant ses crayons tandis que Sonia les rangeait ? Et ce foutu crayon rouge avait-il réellement bougé tout seul ? Même de quelques millimètres ? Sonia préféra ne pas y repenser.

Ponctuelle, comme à son habitude, Marion Delgado pianotait sur son téléphone dans la salle d'attente quand Sonia vint la chercher. La jeune femme s'appuya sur sa canne pour se lever et suivre la psychologue mais ne se plaignit pas. Ce fut quand elle s'assit en face d'elle que Sonia vit les marques de fatigue de la jeune fille. Elle les avait dissimulées comme elle avait pu grâce à sa maîtrise du maquillage mais Sonia devinait les cernes et surtout quelques boutons dus à une période difficile. Marion avait besoin de parler, aussi Sonia n'eut qu'à lui poser une question pour que sa patiente déballe tout. Elle s'était installée avec son père dans leur maison de campagne, avait engagé une intendante qui s'occupait de faire le ménage et de remplir le frigo, une dame entre deux âges qui s'appelait Mireille et qui était fort discrète et efficace. Oui, la maison était en parfait état, elle bénéficiait même d'Internet dans ce coin paumé, outil indispensable quand on est blogueuse professionnelle. D'aucuns diraient que Paul Delgado n'avait pas changé d'un iota mais Marion n'était pas dupe. Oui, il agissait exactement comme avant sa disparition, la même humeur bougonne, le même rejet de toute forme d'humour, les mêmes petites manies, les mêmes tics. C'était bien cela qui perturbait sa fille.

— On ne revient pas de quatre ans passés je ne sais où en étant la même personne. Il fait semblant, avait-elle asséné. Il sait très bien que je l'observe et il fait semblant. Ce salaud essaie de me tromper ! Maman se suicide, il m'abandonne et il revient comme si de rien n'était ! Comme si... Comme s'il me trouvait suffisamment stupide pour me faire croire que rien n'a changé. C'est bien lui, ça. Il me méprise. Ça, ça n'a pas changé !

Sonia avait laissé la colère de Marion s'exprimer avant de pousser la discussion plus loin. Elle lui demanda de réfléchir posément aux faits et non à ses interprétations. *Les faits, rien que les faits, mon cher Watson.* Sonia se demanda soudain si cette petite voix dans sa tête ne prenait pas de plus en plus de place. Elle faillit perdre le fil de la discussion et se ressaisit aussitôt.

— J'ai essayé de lui parler, vous vous doutez bien. Il m'a juste dit qu'il avait fait un long voyage et qu'il le raconterait bientôt. Bizarre, hein, il est censé ne se souvenir de rien. Il trompe son monde. Pour l'instant, il ne veut rien me dire. Il me répond « plus tard, plus tard, Marion ». Il ne m'a pas demandé comment j'allais, ce que j'avais fait depuis sa disparition. Il s'en contrefout. Je suis sûre que je pourrais

142

engager quelqu'un pour faire semblant d'être moi qu'il ne verrait pas la différence. Et il écrit, putain ce qu'il écrit. Il a rallumé l'antiquité qui lui sert d'ordinateur, il s'enferme et écrit. J'entends le clavier toute la journée. Ça me rend folle. Il est revenu et me rend folle en quelques jours. Il faut le faire parler, madame Saint-Erme, il faut que vous veniez le voir. Moi, je peux pas, je peux pas tenir. J'étais tellement mieux sans lui. C'était plus simple quand il était... mort.

Durant l'heure de consultation, Marion Delgado cracha tout son ressentiment envers son père. Au fond d'elle, elle avait espéré un changement, un nouveau Paul Delgado, revenu d'un voyage initiatique au cours duquel il aurait fait son deuil de Deborah, où il aurait réalisé qu'il aimait sa fille. La déception n'en était que plus violente, plus douloureuse. A la fin de la séance, la jeune fille était épuisée. Elle allait sortir du cabinet quand elle se retourna vers la psychologue.

« Ah si, je devais vous dire. J'ai fait des recherches. J'ai découvert que Masaya était censé être une porte vers l'Enfer. Je lui ai demandé comment avait été son séjour là-bas. Il m'a répondu qu'il n'y avait pas d'enfer. Seulement Ins Gehaïth. »

CHAPITRE 20

Sous ses pieds nus, la terre froide et humide. Une nouvelle fois. Sauf que dans ce rêve-ci, Sonia se sentait plus forte, plus maîtresse de la situation. Le brouillard qui l'emprisonnait se dissipa et la maison de ses parents apparut. Ou du moins cet endroit ressemblait à la maison de son enfance, mais il était terne, gris, comme dessiné au crayon de bois. A la lisière de sa conscience, Sonia sentit la présence de Johanna. Elle se manifestait sous forme de parfum, l'odeur familière de sa peau de bébé.

Face à la jeune femme se tient une frêle silhouette. *Alex*. Ses cheveux blonds coupés courts, ses yeux marrons plein de malice et son sourire en coin. Sonia le trouve beau mais cette sensation la met à mal à l'aise. *Parce que c'est encore un enfant et que tu es une adulte*. L'adolescent la regarde, plein d'assurance. Sonia a un goût de cuivre dans la bouche. Elle s'est mordu la langue. Elle sent une boule se former dans le creux de son ventre et un poids énorme sur sa poitrine. Alex fait un pas vers elle. Sonia retient son souffle. Un deuxième pas. Elle redoute le contact. Ce n'est pas comme dans ses anciens cauchemars, tout ceci est beaucoup trop réel. Alors elle ferme les yeux. Sans le voir, elle sait qu'il est maintenant tout près. Il passe ses bras autour de sa taille et se colle doucement contre elle. Il enfonce sa tête dans son cou, son souffle est si chaud, si vivant. Sonia le prend à son tour dans ses bras et le serre contre elle. Elle prend conscience que son corps d'adulte n'est plus, elle habite celui qu'elle avait adolescente. Ensuite tout se brouille dans sa tête, elle sent que des choses lui échappent, sa mémoire, ses souvenirs, tout disparaît en quelques secondes. Sonia a de nouveau dix-sept ans. Pleinement. Elle enfouit alors sa tête dans le cou d'Alex et tous les deux enlacés se mettent à pleurer. Et leurs corps se pressent l'un contre l'autre de plus en plus, comme s'ils ne voulaient former qu'un. Sonia caresse le dos de son ami, elle sent sa peau sous son t-shirt, ce n'est pas une illusion. Il passe sa main dans ses cheveux comme il a pu le faire tant de fois, tout en douceur et en jouant avec ses boucles. Aucun des deux ne veut stopper cette étreinte. Car, enfin, ils vivent ces retrouvailles impossibles.

— So, murmure Alex, je ne peux pas rester longtemps. Mais on va pouvoir être réunis. Il faut que tu me fasses confiance, tout va s'arranger et on va pouvoir être tous les deux, je te le promets. Tu me sens contre toi, hein ? Ce n'est pas un rêve, je te le jure... So, ma Sonia, bientôt...

Sonia ouvrit les yeux et resta interdite quelques instants. Elle se mit à remuer ses orteils puis ses jambes. Sous elle, la matelas était moelleux, elle sentait la couette douce et chaude sur ses cuisses. Quand elle fut certaine d'être parfaitement réveillée et dans son lit, elle s'autorisa à pousser un grand soupir. Son cœur battait encore la chamade. Elle sortit de sa chambre, jeta un œil à celle de Johanna, vérifiant que sa fille dormait à poings fermés avec Chanel, puis se servit un grand verre d'eau dans la cuisine. Elle n'alluma aucune lumière, se dirigeant parfaitement dans l'obscurité. Elle but jusqu'à ce que sa gorge ne lui fasse plus mal. Enfin, la jeune femme se laissa tomber sur le sol de la cuisine. Elle soupira bruyamment. Son cerveau était en ébullition, tout comme ses émotions, son corps tout entier. Elle savait qu'elle n'avait pas rêvé. Ce qui s'était passé était réel. Bien réel. Alex était revenu. Non pas comme une âme errante et torturée mais comme l'adolescent qui était mort plus de quinze ans auparavant. Cependant, une chose la tracassait. Elle se souvenait avoir senti son corps et sa mémoire rétrécir puis... puis quoi ? Des larmes lui piquèrent les yeux. *Stop. Ne pleure pas.* Elle regarda sa main droite et les runes gravées dans sa paume. Celles-ci paraissaient bien rouges. Sonia soupira de nouveau bruyamment, expirant le plus possible d'air. Elle se releva maladroitement, passa jeter un œil sur sa fille. Celle-ci était réveillée et la regardait droit dans les yeux. Sonia vint s'asseoir près d'elle.

— Alors poussin, on ne dort pas ?

— Toi non plus tu ne dors pas maman, répondit la petite en se logeant contre elle. Tu étais partie. J'ai voulu te suivre mais quelque chose n'a pas voulu.

— J'étais partie ? Non, je fais des rêves mais je ne voyage pas comme toi.

— Un peu mais tu ne te rends pas compte. Tu es partie quelque part où je ne peux pas aller. Je croyais que tu allais à Ins Gehaïth, j'ai eu peur car il ne faut pas aller là-bas, maman.

A ces mots, Sonia s'écarta de Johanna.

— Comment tu connais Ins Gehaïth ?, dit-elle en haussant la voix.

— Je... Je sais que tu ne veux pas que je voyage mais... J'ai pas été là-bas, je te jure !

Dem... Je veux pas y aller, c'est dangereux. Toi non plus tu ne dois pas y aller. Mais tu as été encore ailleurs, je ne sais pas où, c'était bizarre.

— Johanna, qui t'a appris tout ça ? C'est Nathalie ?

— Non.

Johanna se ferma complètement à sa mère. Elle en avait déjà trop dit, elle avait failli parler de Demetra. Il valait mieux se taire.

Comprenant qu'elle n'obtiendrait rien de plus, Sonia ne poussa pas plus loin son interrogatoire. Elle borda sa fille et attendit qu'elle se rendorme avant de regagner sa chambre. La psychologue eut l'impression d'avoir fait une grosse erreur en coupant sa fille de la sorcière Nathalie. Car après tout, qui sait quelles rencontres pouvait faire sa petite fille dans les mondes qui ne sont pas les nôtres ?

CHAPITRE 21

Sonia raccrocha et regarda Johanna. La petite lui souriait. La conversation avec Nathalie avait été plus chaleureuse que prévu et la jeune femme savait qu'elle avait pris la bonne décision. Elle irait le week-end prochain à Paris avec sa fille. Après tout, elle n'avait personne d'autre vers qui se tourner et Johanna semblait ravie de revoir le couple Herbert. Voyant sa fille heureuse, Sonia se surprit à sourire à son tour. Elle prit Johanna dans ses bras et lui fit un énorme câlin, jusqu'à ce que la petite brune se débatte en riant. Sonia consulta sa montre, elle avait juste le temps de déposer sa fille chez une amie pour y passer le mercredi après-midi avant de se rendre à son cabinet. Marion Delgado avait rendez-vous à 14h30. Ces séances passionnaient la psychologue. La jeune fille restait forte malgré ce qu'elle vivait, Sonia la savait extrêmement courageuse mais pas à ce point-là. Elle forçait l'admiration.

Marion était là, ponctuelle comme à son habitude. Elle avait attaché ses longs cheveux blonds en chignon sur le sommet de son crâne.

Sonia en profita pour admirer de nouveau son tatouage. Elle avait la mine sombre, voire triste. La cohabitation avec son père était toujours compliquée. Il commençait cependant à lui parler, à lui raconter les quatre années passées loin du monde. Mais ce n'était que lors des repas qu'ils prenaient ensemble et au compte-gouttes. Paul Delgado ne croyait pas sa fille assez intelligente pour le comprendre, du moins, c'était ce qu'elle pensait. Cependant, elle sentait la passion de son père quand il lui parlait de son étrange voyage, bien que les bribes de son récit soient tout simplement impossibles à croire.

— J'ai été fouiller dans son bureau, confessa-t-elle. Maintenant il se permet une promenade d'une demi-heure par jour. J'en ai profité et j'ai pu accéder à ce qu'il est en train d'écrire. Ça rejoint ce qu'il me raconte à table. Et c'est juste... c'est n'importe quoi. Il est juste devenu fou. C'est toujours un connard mais complètement dérangé.

— Vous pouvez m'en dire un peu plus sur vos conversations ?

— Accrochez-vous, dit Marion un sourire en coin. Il est allé chercher maman. Je n'ai pas bien compris comment mais c'est pour ça qu'il est parti, qu'il m'a abandonnée. Pour chercher sa femme morte dans l'Au-delà. C'est dingue, c'est juste dingue. Et il y est arrivé. Il me parle d'un pays sans queue ni tête et il écrit des pages et des pages dessus. C'est ça qu'il fait toute la journée : il écrit son prochain livre. Ce sera le récit des quatre dernières années. Ça m'étonnerait que je sois dans les remerciements, ajouta-t-elle, sarcastique.

— Qu'est-ce qui vous gêne le plus dans ce qu'il veut bien vous raconter ?

— Je ne sais pas. Je ne m'attendais pas à un truc pareil. Mais qui s'y attendrait, hein ? D'un côté ça m'énerve parce que ça n'a pas de sens. De l'autre, il paraît tellement y croire... Et ses récits sont tellement précis et... Je veux dire, il ne peut pas avoir inventé tout ça. Mon père s'est toujours basé sur des faits divers réels pour écrire du polar. Là, c'est un bouquin fantastique qu'il nous fait, un bouquin qui fait... peur.

— Est-ce que vous pouvez m'en dire plus ? l'encouragea la psychologue.

— Non, c'est trop pour moi. Mais j'ai piqué quelques feuilles que je vous ai ramenées. De toute façon, vous allez devoir venir. Je lui ai dit que je vous consultais et ça semble l'intéresser de parler avec quelqu'un comme vous. Il voulait que je vous invite à dîner ce soir.

Sonia ne répondit pas tout de suite. Elle prit les feuilles que lui tendait sa patiente, lut les premiers paragraphes en diagonale. Et accepta l'invitation sans hésiter.

Marion partie, Sonia essaya de joindre Jean sans succès. Son ami devait récupérer Johanna en fin d'après-midi, elle lui demanda de garder la petite pour la soirée. Elle savait qu'il ne lui refuserait pas, surtout quand elle lui annonça qu'elle allait dîner avec Paul Delgado. La jeune femme prit le temps de lire les écrits du romancier :

« On pourrait croire que ce Monde vit sans loi mais il faut s'affranchir de cette notion pour pleinement comprendre Ins Gehaïth. J'ai vu le Pays de l'Autre Côté, je l'ai parcouru pour retrouver une âme égarée. Quel fou ! Comment aurais-je pu retrouver ma Debbie dans cet Univers impie ? N'importe quel humain à la santé mentale fragile serait devenu fou cent fois en quelques secondes. Qui ne tremblerait pas devant l'armée du Roi des Os ? Qui conduit, vêtu de son armure de bronze, des centaines de milliers de squelettes humains armés d'épées rouillées, morts durant les milliers de guerre qu'a connu notre planète ? Je n'ai pas fui devant un tel spectacle, ni devant ses commandants qui sont de vulgaires et grotesques cochons habillés comme des chevaliers. Je n'ai pas fui non plus

devant la majestueuse cité d'Anz Ehlmi dont les ruines ont abrité le démon Bruzia, échappé du Pandemonium. Je l'ai même visitée. Quant à imaginer que toutes les âmes de cette Terre et des autres finissent dans ce sinistre pays, qui pourrait y songer sans perdre la raison ? »

Sonia avait lu tous les livres de Paul Delgado dont l'écriture était incisive et les dialogues délicieux, remplis de grossièretés et d'ironie. Ce qu'elle lisait ne pouvait être l'œuvre de cet écrivain de génie. C'était celle d'un fou. Un fou qui disait avoir parcouru Ins Gehaïth.

CHAPITRE 22

Le message de Sonia était comme d'habitude trop long et bourré de détails insignifiants. Elle n'avait jamais su laisser un message sur un répondeur. Cela pouvait parfois amuser Jean mais apprendre qu'il devait garder Johanna toute la soirée ne l'enchanta pas. Il avait beau aimer cette fillette comme si c'était la sienne, elle ne faisait pas partie de ses plans ce soir-là. Le jeune homme avait fort à faire entre essayer de reconquérir son amant et préparer sa reconversion grâce aux Herbert. Les contacts d'Alicia étaient sans limite et tout Paris lui devait quelque chose. Il aurait pu parler de son projet à Sonia mais il attendait encore certaines concrétisations avant de lui annoncer la grande nouvelle. Jean s'enfonça dans son canapé et, bien installé, écouta de nouveau le monologue de Sonia. Il soupira. Un tic qu'elle lui avait passé. La bonne nouvelle était qu'elle avait repris contact avec Nathalie Herbert. La mauvaise nouvelle était qu'elle n'apprenait pas de ses erreurs : après s'être entichée de Martine Sanoise qui s'était révélée être une tueuse, la voici qui se jetait dans l'histoire des Delgado sans aucun recul. Il faudrait qu'il lui parle, qu'il lui mette les points sur les i. En attendant, il lui envoya un SMS pour lui confirmer que Johanna serait bien avec lui ce soir. Et il soupira de nouveau.

Sonia s'était retenue de fumer avant de se présenter chez les Delgado. *Autant éviter d'arriver en puant la cigarette certes mais bonjour le trac.* Elle se sentait surexcitée et luttait pour se rappeler qu'elle venait en tant que professionnelle et non en groupie. Sans compter son affection pour la jeune Marion. La maison de campagne des Delgado était une grande bâtisse au milieu des champs qui se dressait parmi quelques vieux arbres. C'était un rectangle tout en longueur avec un étage et un grenier. Les ardoises de la toiture avaient besoin d'un bon nettoyage, tout comme la façade qui était défraîchie. La hauteur de plafond était impressionnante et de grandes fenêtres donnaient sur les pièces du bâtiment. Architecturalement, l'édifice était assez original.

Sonia gara sa voiture dans la grande allée, s'attacha les cheveux et se présenta à la porte d'entrée. Ce fut Marion qui lui ouvrit. La jeune femme était nerveuse à l'idée de ce dîner, elle le fit savoir à sa psychologue. Cette dernière tenta de la rassurer mais rien n'y fit. C'est en s'appuyant lourdement sur sa canne qu'elle la fit entrer dans une grande salle à manger. Le mobilier en bois massif était imposant, la pièce sombre. Seules quelques aquarelles au mur égayaient l'endroit. Marion indiqua qu'elles étaient l'œuvre de sa défunte mère. La table était déjà mise et une bonne odeur flottait dans l'air. Les Delgado avaient fait venir un cuisinier pour l'occasion. Paul tenait à recevoir Sonia convenablement. Marion, toujours nerveuse, invita sa psychologue à s'asseoir en face d'elle en attendant son père. D'habitude avenante et bavarde, la jeune fille était l'ombre d'elle-même. Sonia nota ce changement dans un coin de sa tête pour une future session. L'emprise de son père était incroyable. Quand celui-ci fit son entrée, la jeune femme arrêta de respirer un instant. L'aspect de l'écrivain la choqua : il était bien exactement le même que quatre ans auparavant, c'en était extraordinaire. Sans s'en rendre compte, Sonia gratta la paume de sa main droite. Celle-ci lui fit mal quand Paul Delgado la serra pour la saluer. Malgré de prodigieuses valises sous ses yeux, son regard était perçant et lumineux. La psychologue eut l'impression d'être scannée de haut en bas. Les présentations d'usage durèrent peu de temps, Paul Delgado voulant évacuer ces figures imposées et commencer le dîner. On leur servit un velouté d'asperges raffiné, Sonia n'avait jamais rien mangé de tel. Le vin l'accompagnant était également excellent et l'écrivain ne manqua pas de préciser qu'il était issu de sa propre cave. Sa voix grave était dynamique, passionnée, presque envoûtante.

— Madame Saint-Erme, ma fille m'a expliqué qu'elle vous consultait depuis quelques années maintenant. Vous pensez sans doute que je vais faire acte de contrition, que je vais chercher la repentance mais il n'en sera rien. J'ai fait ce que j'avais à faire et je ne regrette rien. Si ma fille ne veut pas le comprendre, si elle a besoin d'une aide psychologique parce que la vie lui paraît si compliquée, libre à elle.

Sonia voyait le visage de Marion blêmir un peu plus à chaque mot prononcé par son père. Cet homme était odieux. Il était parfaitement conscient de blesser sa fille. La psychologue sentait le rouge lui monter aux joues. Elle serra les poings sous la table. Paul Delgado s'était lancé dans une grande tirade sur la fragilité émotionnelle de sa fille et pas une fois il ne mentionna le suicide de sa femme. Quand enfin il eut terminé, il but quasiment son verre de vin d'un trait. Il regarda Sonia, attendant une réponse. Celle-ci prit elle-même une gorgée de l'excellent Saumur qui avait été servi et planta son regard dans celui de l'écrivain :

— Monsieur Delgado, je pense que vous ne comprenez simplement pas tout le chemin accompli par votre fille ces dernières années. Mais vous êtes des personnalités très opposées et les différents événements que vous avez connus ne vous ont malheureusement pas rapprochés. Au contraire. Je pense quand même que votre retour et cette cohabitation sous un même toit pourraient vous être bénéfiques. A condition, bien sûr, que vous le vouliez.

— Si je vous ai invitée ce soir, ce n'est pas pour une séance père-fille. Je ne sais pas si Marion vous a exposé ce dîner ainsi… dit Paul Delgado en fusillant sa fille du regard. Je trouvais intéressant de confronter mon expérience à quelqu'un de sciences. Voyez-vous, je ne méprise absolument pas votre art, et je vous prie de m'excuser si c'est l'impression que je vous ai donnée.

— Excuses acceptées, répondit la psychologue du tac au tac.

— Bien. Je voulais vous parler de mon voyage et surtout des personnes que j'ai pu rencontrer. L'avis d'une spécialiste de la psychologie me paraît intéressante. J'aimerais l'intégrer dans mon livre.

— Marion m'a dit que vous écriviez, justement.

— J'ai l'intention de raconter mon voyage effectivement. Je suis allé dans un endroit qu'aucun autre mortel n'a foulé sans devenir fou. Certains ont aperçu cet endroit, en songes ou avec des drogues… Mais moi, moi, j'y suis allé. Je suis allé dans le Pays de l'Autre Côté. Mais mangeons ! Le chef nous a préparé un excellent rôti de bœuf et je meurs de faim. Nous discuterons de tout ça après manger.

Sonia jeta un œil sur Marion et eut un pincement au coeur. La jeune femme qui affichait d'habitude une attitude si confiante était recroquevillée sur sa chaise. Elle faisait penser à une petite fille perdue qui attendait seulement un câlin.

CHAPITRE 23

Le dîner se poursuivit dans une atmosphère pesante. Marion était muette tandis que son père et Sonia dissertaient sur la psychologie et la psychiatrie. Paul Delgado avait un savoir incroyable et une conversation vraiment agréable. Quand il vous jugeait digne d'intérêt. Il reconnaissait l'apport de la psychologie en sciences humaines mais pour lui, les personnes qui y avaient recours étaient méprisables. Sonia était heureuse de pouvoir échanger sur le sujet avec un érudit tel que lui. Bien sûr, elle essaya d'inclure Marion dans la conversation mais toutes ses tentatives furent vaines. Quand le dessert fut englouti et les cafés amenés, Paul Delgado entra dans le vif du sujet :

— Etes-vous familière avec la magie Madame Saint-Erme ?

Sonia caressa la paume de sa main droite par réflexe et sentit les runes à travers le gant. Elle décida de jouer franc jeu.

— Oui. J'y ai déjà été confrontée. Avec quelques conséquences malheureuses. Sonia vit Marion la regarder bouche bée mais poursuivit. Vous pouvez donc en parler librement avec moi.

— Bien ma chère, dit Paul Delgado d'un air satisfait. Il y a quelques années, j'ai perdu l'amour de ma vie. Vous le savez sans doute, vu que la presse ne nous a pas épargnés. Quand Debbie est morte, mon monde s'est écroulé, je ne savais plus quoi faire, je ne savais plus ni manger ni dormir ni même respirer. Ma solitude était immense. Je devais en plus élever notre fille seul.

Sonia vit Marion s'enfoncer dans sa chaise, prenant la remarque de son père comme un reproche. Décidément, il ne l'épargnait pas.

— J'ai alors fait un pari stupide : celui d'aller chercher ma femme. J'ai toujours été cartésien mais pour elle, j'étais prêt à croire en tout. A l'Au-delà, au Paradis, à l'Enfer. J'ai décidé d'aller la chercher où qu'elle soit.

Sonia sentait son cœur battre dans sa poitrine, le récit de Paul Delgado la touchait au plus profond de son être. Elle aussi avait vécu un événement traumatisant avec la mort d'Alex. Ce sentiment de solitude incroyable, l'impuissance… Elle aurait pu aussi faire n'importe quoi pour le ramener sur cette Terre. A moins qu'elle ne parte avec lui, comme il semblait lui proposer… *N'oublie pas Johanna.* L'écrivain continuait son monologue, tout en regardant sa tasse de café fumante. Sonia se concentra sur sa voix.

— C'est amusant les relations que l'on noue quand on est célèbre, madame Saint-Erme, plein de gens étranges gravitent autour de vous et il suffit de piocher dans cette galaxie de courtisans pour trouver ce dont vous avez besoin. A n'importe quelle heure. C'est comme ça que j'ai pu rencontrer une sorcière. Une femme très intéressante du nom de Brigitte Chalmet. Une vieille femme qui a officiellement quatre-vingt ans mais dont on murmure qu'elle en a déjà plus de deux-cents. Elle officie à Paris dans un modeste appartement. Modeste en apparence car si l'on regarde bien on découvre que les peintures et les sculptures qui le décorent ne sont pas des reproductions. Et je vous parle de Renoir, de Picasso ou de Rodin… Mais je digresse. Cette femme m'a accueilli très gentiment autour d'un excellent café. Elle m'a longuement écouté et je l'ai longuement écouté en retour. Elle m'a expliqué qu'il existait un endroit fabuleux appelé Ins Gehaïth où vont tous les morts de tous les univers. Il n'y a ni paradis ni enfer, uniquement Ins Gehaïth, le Pays de l'Autre Côté où nous finissons tous. Elle m'a mis en garde, a essayé plusieurs fois de me faire renoncer à ce voyage, arguant que je ne pourrais jamais y retrouver Debbie, qu'aucun mortel ne pouvait revenir sain d'esprit de cet endroit. Je n'ai pas renoncé. Nous avons donc conclu un accord : à la pleine lune suivante, elle m'enverrait là-bas pour une durée de sept jours. Ensuite, je serai aspiré vers notre Monde. Madame Chalmet m'a bien expliqué que le temps s'écoulant différemment là-bas, les sept jours seraient peut-être finalement des heures ou des années.

— Et votre voyage a finalement duré quatre ans, dit Sonia.

— Exactement.

— Vous y êtes allé, vous êtes allé à Ins Gehaïth et vous en êtes revenu, reprit Sonia, admirative.

Il fallait qu'elle en sache d'avantage sur cet Au-delà dont elle ignorait l'existence. C'était sa chance de pouvoir contacter Alex mais aussi de comprendre comment sa fille avait pu mentionner Ins Gehaïth.

— Y avez-vous retrouvé votre femme ?

C'en fut trop pour Marion qui quitta la table avec fracas. Elle faillit tomber mais se rattrapa avec sa canne in extremis. Elle fit claquer toutes les portes qu'elle trouva sur son chemin et enfin retrouva sa chambre à l'étage. Son père eut un sourire en coin. Sonia était déchirée. Elle venait de perdre la confiance de sa patiente mais elle tenait là l'occasion d'en apprendre plus sur un mystère qui la touchait de près. Elle ressentit un pincement au cœur, un début de culpabilité mais elle le chassa très vite. Paul Delgado refit servir des cafés et reprit son récit comme si la sortie de sa fille n'avait aucune incidence.

— Le sort qui m'a permis d'aller là-bas n'était pas très spectaculaire. J'ai bu une potion pendant que la sorcière faisaient des incantations puis je me suis évanoui. Je me suis réveillé à Ins Gehaïth, au milieu d'un temple en ruines. Je n'avais rien avec moi, que mes vêtements. Ce qui restait du temple ressemblait à une construction de la Grèce Antique, au milieu d'une végétation luxuriante. Il faisait très chaud. Le ciel était d'un gris de plomb, je m'en rappelle très bien. J'ai vite découvert que cette jungle ne faisait pas plus de huit cent mètres de diamètre. Elle s'arrêtait d'un trait net pour former un cercle parfait. Tout autour s'étendait un désert rouge à l'infini. Je crois avoir marché un petit kilomètre avant de tomber sur un hameau comme s'il avait surgi de nulle part. Il y avait trois ou quatre maisons qui tombaient en lambeaux. A l'intérieur, vivaient des enfants. Une trentaine d'enfants à la peau rouge comme le sang. Il s'agissait de la Compagnie Sanglante. Des mômes certes mais surtout des mercenaires sans foi ni loi, se vendant aux seigneurs de guerre les plus offrants. Ils m'ont accueilli quelques heures, m'ont donné une gourde d'eau fraîche et m'ont laissé repartir. J'ai alors compris la folie qui régnait à Ins Gehaïth et j'ai commencé ma quête. Le Pays de l'Autre Côté n'a pas de limite, c'est un univers à lui seul où toutes les âmes atterrissent. Si tant est que l'on puisse parler d'âme... Tout être vivant se réincarne à Ins Gehaïth. J'ai vu des humains d'apparence se comporter comme des chiens, marchant à quatre pattes et aboyant avant de pisser la jambe en l'air, d'autres se tortiller par terre comme des poissons hors de l'eau. J'ai pu également parler à une chatte qui avait conscience de s'être réincarnée en humaine. J'ai visité la Forteresse de NeGouth contrôlée par des savants qui ont pour unique but de compter chaque seconde qui passe. Imaginez, un chœur de trois cents vieux croûlants en blouse blanche égrenant les secondes à l'unisson, jusqu'à l'épuisement.

— Peut-on mourir à Ins Gehaïth ?

— Excellente question, très chère ! répondit Paul Delgado en riant. La réponse est non. Vous êtes là-bas pour l'éternité. J'ai vu des gens être mangés puis vomis pour être de nouveau mangés. J'ai vu des choses... Madame Saint-Erme...

L'écrivain poursuivit son récit jusque tard dans la nuit. Sonia le quitta vers minuit en s'excusant. Elle aurait pu rester encore plusieurs heures à l'écouter mais Jean l'avait appelé une dizaine de fois sans qu'elle ne décroche. Elle fila jusque Aurac, complètement bouleversée par ce qu'elle venait d'entendre.

CHAPITRE 24

Quand Jean entendit l'interphone sonner, il posa violemment sa tasse de café sur la table basse. Il regarda l'heure : presque une heure du matin. Sonia allait l'entendre. La jeune femme se présenta à sa porte, l'air épuisée mais des étoiles plein les yeux. Elle salua à peine son ami en entrant dans l'appartement. Toujours aussi impeccablement rangé, remarqua Sonia. Elle sourit à Jean mais celui-ci lui présenta une expression de rage contenue.

— Bordel Sonia ! T'as vu l'heure ?, dit-il la voix basse mais ferme. Je t'ai appelé une dizaine de fois ! J'essayais de ne pas m'inquiéter devant ta fille mais putain…

— Je sais, je sais, le coupa-t-elle. Je suis désolée. J'étais chez les Delgado, tu as bien eu mon message ?

— Non mais tu te rends compte de ce que tu fais ? Tu vas dîner chez tes patients, maintenant ?

— Je... Oh écoute, je ne pouvais pas ne pas y aller ! Pour Marion…

— Marion ? Marion, mon cul, oui ! Tu y es allé pour faire ta groupie. Ou pour ton histoire de Pays de je ne sais quoi... Et Johanna ? Hein ? Heureusement que j'étais là, hein, mais figure toi que j'avais aussi des plans ce soir, moi !

Jean était furieux mais se contenait pour ne pas réveiller Johanna qu'il avait installée dans sa chambre. Il voulut reprendre une gorgée de café mais sa tasse était vide. Il jura et la déposa dans l'évier, jugeant plus sage de ne pas se resservir. Il était déjà assez énervé comme ça. Sonia était toujours debout près de la porte d'entrée, son manteau dans les bras, l'air désolé. Ils restèrent ainsi à se regarder en chiens de faïence quelques minutes, aucun ne voulant céder de terrain. Ce fut Sonia qui brisa le silence.

— Ecoute, je suis sincèrement, vraiment, absolument désolée. Je te remercierai jamais assez pour ce que tu fais pour Johanna et moi, tu le sais. Mais ce soir, j'avais pas le choix. Je te l'accorde, ce n'était pas uniquement pour ma patiente que j'y suis allée. Il y a ce... Ins Gehaïth. Johanna m'en a parlé et Paul Delgado prétend en revenir. C'est pas juste une coïncidence de plus. Ou peut-être que si... Et Alex. Alex est revenu en rêve mais ce n'était pas un rêve... Oh je suis fatiguée, moi.

Sonia s'effondra dans le canapé. Jean vint s'installer à côté d'elle.

— Sonia, ma belle, tu fais de la merde. Je vais être dur mais on dirait que tu as déjà oublié ce qu'il s'est passé avec Martine Sanoise. T'as voulu la suivre coûte que coûte et regarde où ça t'a menée. Là, tu recommences…

— Non, Jean. Non, ne va pas sur ce terrain, le coupa sèchement la jeune femme. Je fais ça parce que Johanna a mentionné Ins Gehaïth. Paul Delgado en revient. Je te parle de l'Au-delà, Jean. Et Alex, je te jure, Alex est revenu encore mais c'était différent cette fois. Je veux comprendre, il y a quelque chose là. Tu n'es pas d'accord avec moi ?

— Je ne sais pas Sonia... soupira Jean en s'affaissant dans son canapé. Je t'avoue que j'en ai ma claque de ça, de ces trucs bizarres. Il y a quelques mois à peine, tu as failli être tuée, ta fille enlevée, et ta collègue a été assassinée. C'est comme si on était déjà en train d'oublier tout ça. Moi, j'y arrive pas. Ça reste gravé. Ça a affecté Louis, aussi. Comprends-moi, faut que je mette de la distance.

— Qu'est-ce que tu essaies de me dire ? dit Sonia en se redressant.

— Je voulais pas te le dire comme ça mais... je quitte Aurac.

— Tu plaisantes ?

C'était au tour de Sonia d'être en colère.

— J'ai trouvé un boulot sur Paris, grâce à Alicia Herbert. Autant tout te dire maintenant, non ? Dès cet été, elle a senti que je n'allais pas bien avec cette histoire. Non, laisse-moi finir. Je ne t'en veux pas, tu devais te remettre toi-même et gérer Johanna, ne t'inquiète pas. On a pas mal discuté elle et moi. Et de fil en aiguille... Je vais faire une formation à Paris, un diplôme d'assistant de direction. Et je vais travailler à temps partiel dans une boîte de relations presse. Une grosse boîte. C'est Alicia qui a activé ses contacts. Je sais que ce sera un peu compliqué au début niveau finances mais ça va le faire. J'ai enfin la perspective d'avoir un boulot. Tu te rends compte ?

— Mais, mais... bredouilla Sonia. Mais quand ? Tu pars quand ?

— Début décembre.

— Et tu comptais m'en parler quand ?

— Je voulais te faire la surprise à ton anniversaire et te proposer de venir avec moi.

— La surprise, hein... »

La voix de Sonia était cassante. Elle se leva, se dirigea dans la chambre de son ami. Johanna ouvrit les yeux quelques secondes puis se réveilla complètement. Sonia lui sourit et lui demanda de se lever et de mettre son manteau. De retour dans le salon, elle prit sa fille par la main et sortit sans saluer son ami. Elle savait qu'elle avait abusé de la gentillesse de Jean mais pour elle, ce n'était rien à côté de son départ d'Aurac. Et du fait qu'il le lui ait caché.

Dans la voiture qui la ramenait chez elle, Johanna ne dormait pas. Son corps était affalé dans son siège auto mais son esprit vagabondait. Elle était dans le Temple de la Mère Première avec Demetra. Les fillettes se laissaient léviter dans les couloirs vides qu'elles avaient repeints de toutes les couleurs. Johanna racontait à Demetra les événements de la soirée. Elle avait surtout compris que Jean allait partir et cela la bouleversait.

— Pourquoi ?, lui demanda Demetra.

— Je sais pas, moi j'aime Jean. Je suis triste qu'il parte.

— Il ne faut pas, lui dit Demetra. Il ne faut pas s'attacher aux gens sinon tu auras mal. C'est toujours comme ça. Il faut les laisser arriver et repartir. Crois-moi.

— Je sais pas.

— Tu veux encore déplacer des objets ?, demanda Demetra soudainement, un grand sourire aux lèvres.

— Oui ! répondit Johanna avec enthousiasme.

Elles entrèrent dans une grande salle circulaire au centre de laquelle se trouvait une vieille table de bois. Sur celle-ci étaient disposés des objets hétéroclites : crayons, pierres, feuilles de papier, ustensiles trouvés dans les salles désertes... Toujours à quelques centimètres du sol, les deux filles se mirent en tailleur de chaque côté. Demetra commença une incantation que Johanna s'empressa de reprendre de sa voix fluette. Enfin, une petite pierre se mit à bouger. Elle oscilla sur elle-même avant de se mettre à voler. Johanna continua de psalmodier en fixant le caillou puis son regard se porta sur la gauche. La pierre suivit le mouvement brusque et alla frapper le mur avant de tomber au sol, inerte. Johanna se mit à rire et Demetra à applaudir. Près de la pierre, gisaient des chaises brisées, des bouteilles cassées et tous les autres témoins des tests de Johanna. Celle-ci commença à faire bouger des objets de plus en plus gros. Elle ne réussit pas à faire léviter la table, ce fut Demetra qui s'en chargea. Quand le meuble explosa contre un mur dans un immense fracas, Johanna et Demetra rirent à gorges déployées.

CHAPITRE 25

Sonia installa l'écran de son ordinateur à hauteur de Johanna, vérifia que celle-ci aurait une assise confortable puis composa le numéro de Nathalie Herbert. C'était ce samedi qu'un nouveau contact entre Johanna et la sorcière aurait lieu, afin de reprendre son «entraînement». Le visage de Nathalie s'afficha à l'écran, la qualité vidéo était plutôt bonne. *Et pour l'audio, elles pourront toujours communiquer par la pensée.* La psychologue salua Nathalie puis refixa les règles du jeu : la séance durerait une heure et si Sonia n'avait pas le droit d'intervenir, elle ne resterait cependant pas trop loin. La jeune femme en profiterait pour faire le tour des placards de Johanna. Sa fille avait une bonne poussée de croissance et presque toutes ses affaires étaient devenues en rien de temps trop petites. Johanna sortit de sa chambre, tout sourire. Elle s'assit face à l'écran, salua Nathalie d'un signe de la main très enfantin. Chanel s'empressa de s'installer sur ses genoux en ronronnant. La session pouvait enfin commencer. Ce fut l'occasion pour la sorcière d'expérimenter les pouvoirs de Johanna sur une longue distance. Elle avait déjà prévu d'organiser de nouvelles sessions avec la fillette à Paris.

Une heure plus tard, elle demanda à parler à Sonia. Elle lui ordonna de mettre un casque afin que sa fille ne l'entende pas et de répondre par écrit.

— Je ne vais pas y aller par quatre chemins, commença Nathalie. Elle ne m'a pas attendue pour développer ses dons. Et je ne parle que de voyage astral, Sonia. Votre fille a d'autres pouvoirs. Il y avait la télépathie qu'elle semble maîtriser un peu plus mais ce n'est pas tout. Elle possède... comment vous dire ça. Elle possède des dons de magie.

— Comment ça ?, s'écria Sonia.

— Ecrivez ! Je ne veux pas qu'elle nous entende, la reprit Nathalie. Toutes les femmes naissent avec un don de magie plus ou moins fort. Il peut être quasi inexistant chez une grande partie de la population. Mais par exemple, certaines font des rêves prémonitoires, d'autres peuvent lire les cartes, ou avoir une chance incroyable... D'autres, comme moi, ont un pouvoir plus important qu'il vaut mieux ne pas laisser grandir seul, sans cadre. Votre fille en fait partie. Généralement, ça ne se manifeste pas si jeune mais Johanna est hors normes. En trois mois, son pouvoir a été considérablement augmenté. Je ne le sentais pas à ce point cet été. Il faut que vous me disiez si quelque chose s'est passé, si elle a rencontré quelqu'un...

Sonia écrivit tout ce qu'elle savait sur Johanna : qu'elle était traitée de sorcière à l'école, qu'elle avait fait bouger un crayon et qu'elle avait mentionné Ins Gehaïth. Ce fut ce dernier point qui intrigua Nathalie.

— Ins Gehaïth... Le Pays de l'Autre Côté. Je ne sais pas s'il existe vraiment. On raconte énormément de choses à son sujet et je... suis perplexe. Les preuves que j'ai pu avoir de son existence ne me satisfont pas.

— Paul Delgado y est allé, intervint Sonia. Je l'ai rencontré hier soir.

— L'écrivain ? Vous plaisantez ?

— C'est ce qu'il prétend, dit Sonia. Elle vérifia que Johanna était repartie dans sa chambre et ajouta à voix basse :

— Grâce à une sorcière du nom de Brigitte Chalmet.

— Brigitte Chalmet... répéta Nathalie, la mine déconfite. C'est une sorcière très puissante. Elle est très connue, c'est une solitaire qui n'en fait qu'à sa tête. Elle a ainsi découvert le sort pour aller à Ins Gehaïth... Ecoutez Sonia, vous m'apportez pas mal d'informations importantes. Il faut que je fasse le point, notamment avec Alicia. A vrai dire, elle est beaucoup occupée en ce moment à cause du culte de la Déesse Hibou. Elle craint qu'elle ne prépare quelque chose pour la nuit du 31 octobre. C'est une nuit propice aux rituels. J'ai un très mauvais pressentiment à ce sujet. Sonia, je vais vous laisser. Ne vous inquiétez pas pour Johanna, on va trouver une solution, ne vous inquiétez surtout pas. Surveillez du coin de l'œil ce qu'il se passe. Embrassez la de ma part.

Sonia se retrouva désemparée. Ne pas s'inquiéter ? Elle en avait de bonnes ! Elle qui avait déjà du mal à communiquer avec sa fille, comment faire si celle-ci devenait une véritable sorcière ? La psychologue repensa à ce que Nathalie Herbert lui avait dit : toutes les femmes ont un don de magie. Johanna elle-même lui avait dit qu'elle savait voyager. Sans compter ses rêves qui avaient toujours été étranges... Sonia se gratta machinalement la paume de la main droite. Elle attacha ses cheveux en chignon et termina de faire le tri dans les vêtements de sa fille. Elle ignora les nouveaux appels de Jean. Bien sûr qu'elle reviendrait vers lui, mais pour l'instant, elle avait encore besoin d'un peu de temps pour digérer son départ. Si elle le revoyait, elle fondrait en larmes.

CHAPITRE 26

Les nuits suivantes, Alex rendit plusieurs fois visite à Sonia. Le décor était toujours le même, il la prenait dans ses bras et lui promettait qu'ils allaient de nouveau être réunis. Puis, Sonia sentait son corps se modifier, sa tête être prise dans un étau... et elle se réveillait. La jeune femme était certaine que quelque chose se passait après ces douleurs mais elle n'en conservait aucun souvenir. *C'est plus que ça, c'est comme si je mourrai, que plus rien n'existait, même moi, celle que je suis.* Sonia était partagée entre ce sentiment étrange et désagréable et la joie d'être avec Alex. Elle avait l'impression de retrouver son adolescence, cette époque bénie où tout allait bien, où elle n'avait pas encore fait de mauvais choix de vie. Cette nuit-là, elle décida d'interroger son ami dès qu'elle le vit.

— Alex, dis-moi, es-tu à Ins Gehaïth ?

— Les vivants ne devraient pas connaître cet endroit, So.

— Es-tu là-bas ?

— Oui, comme tout le monde. Nous finissons tous à Ins Gehaïth.

— Raconte-moi.

— Je ne peux pas, répondit-il d'une voix désolée et en la serrant plus fort contre elle. Je ne peux pas t'en parler. Mais je vais bientôt pouvoir en partir et ce sera avec toi. Je te promets.

Alors Sonia ne put résister plus longtemps, elle sentit son corps redevenir adolescent et un mal de tête lui envelopper le crâne. Elle retrouva sa jeunesse et oublia toute sa vie d'après. Quand elle se réveilla, une douleur la saisit à la tempe droite. Migraine. Elle se leva pour prendre un cachet et sans s'en apercevoir frotta sa paume droite jusqu'à ce qu'elle se rendorme.

Johanna avait observé toute la scène. Car sa mère ne rêvait pas. Non, elle voyageait, guidée par Alex et... quelqu'un d'autre mais Johanna ne pouvait voir de qui il s'agissait. Elle sentait une présence extraordinaire à la lisière de sa conscience mais elle ne pouvait l'atteindre. La petite fille ne savait pas quoi faire : elle ne comprenait pas pourquoi sa mère redevenait jeune et l'oubliait, elle la sentait heureuse mais elle ne voulait pas être abandonnée. Elle se méfiait d'Alex qui l'avait terrorisée quelques mois plus tôt mais surtout parce qu'il venait d'Ins Gehaïth. Demetra l'avait mise en garde contre cet endroit. Devait-elle lui en parler ? Demetra savait beaucoup de choses, elle pourrait sûrement l'aider.

Marion Delgado avait hésité plusieurs fois à rappeler sa psychologue. Après l'effroyable dîner, elle avait pris la décision de prendre un nouveau médecin. Mais le comportement de son père les jours suivants, ainsi que la teneur de ses écrits l'avaient fait changer d'avis. Dès qu'elle le pouvait, elle « empruntait » quelques pages de son manuscrit et les dévorait. Son père faisait semblant de ne pas s'en apercevoir et ce jeu de dupes contentait tout le monde. Ce qu'il racontait était incroyable et effroyable. Il n'aurait pas pu inventer tout ça. C'était impossible. Et son style était tellement différent !

Finalement, Marion avait rappelé Sonia Saint-Erme. Elle commença leur séance par une série d'excuses puis enchaîna directement sans laisser Sonia répondre. La jeune fille lui expliqua le déroulement de ses journées, le faux cache-cache pour voler les écrits de son père, les manœuvres pour les ranger à leur place, et surtout les monologues de Paul Delgado. Plus il avançait dans son récit, plus il parlait à sa fille, comme si coucher par écrit ce qu'il avait vécu ne suffisait plus.

— Il me raconte les choses les plus horribles, pour me faire peur, raconta Marion. La nuit, j'entends ses pas, il tourne en rond, puis il se remet à écrire. Il y a déjà des centaines de feuilles imprimées. Je vous en ai ramené quelques-unes qu'il avait jetées à la poubelle.

— Que lui répondez-vous quand il vous raconte son voyage ?

— Au début, je lui répondais qu'il divaguait mais... je commence à le croire, dit Marion en sanglotant. Je le crois. Je ne suis plus bien certaine de ce que je crois. Il n'est pas fou. Il n'est pas fou. Et si Ins Gehaïth est bien réel alors... alors nous sommes tous maudits !

Marion se mit à pleurer à chaudes larmes.

La séance terminée, Sonia reçut encore deux patients avant de prendre sa pause du midi. Elle s'installa dans la petite cuisine où elle fut rejointe par Carole et Malika.

— C'est la petit Delgado que tu as reçue ce matin ?, demanda Carole de sa voix enjouée. Je l'ai reconnue. Elle a un style incroyable cette môme. Y a ma grande qui suit sa chaîne Youtube depuis des années. C'est dingue. Comment elle va ? Enfin, je te demande ça…

— Elle va autant que possible. Elle a traversé tellement de choses, répondit Sonia entre deux bouchées de son sandwich.

— Oui, j'ai tout lu dans la presse. Il y a eu tellement de battage médiatique là-dessus !

— Tu as beaucoup de rendez-vous cet après-midi ?, coupa Malika, voulant détourner la conversation.

— Oui, j'ai mon après-midi pleine, répondit Carole. Mais l'un des rendez-vous devrait être le dernier. Je fais le point avec les parents pour la petite Cécile. Deux ans qu'on se voit et bon dieu, les progrès qu'elle a faits ! Je suis vraiment satisfaite. Et heureuse aussi. Mais triste de ne plus la voir, je l'aimais beaucoup cette gamine...

Une sonnerie de téléphone interrompit la conversation. Sonia sortit son portable de sa poche. Le numéro de Marion Delgado s'affichait.

— Ah excusez-moi, dit Sonia en décrochant. Allô ? Oui ? Marion ? Parlez moins vite. Marion ? Qu'est-ce que...

Sonia regardait ses collègues, affolée.

— Marion, je... j'appelle la police. Ne bougez pas. J'appelle la police et j'arrive.

Elle raccrocha et resta interdite quelques secondes. Puis elle regarda Carole et Malika.

— Marion Delgado a tué son père.

TROISIEME PARTIE

Pouvoirs et sacrifices

CHAPITRE 27

Damien Mirisse se brûla la langue en buvant son café et jura. Face à lui, assise sur une des vieilles chaises du commissariat, Sonia serrait sa tasse entre ses mains. Damien ne put s'empêcher de laisser son regard s'attarder sur la main gantée de noir de son amie. Pour la quatrième fois en quelques mois, Sonia se retrouvait au commissariat pour faire une déposition. Le suicide d'une de ses patientes, le meurtre d'une collègue, la tentative de meurtre dont elle avait fait l'objet et maintenant une patiente qui avait tué son propre père. Sonia était muette. Marion Delgado l'avait appelée sitôt après avoir tiré sur Paul puis elle avait mis le feu à la maison de campagne. Entre temps, Sonia avait prévenu Damien puis avait filé sur place. Elle avait trouvé la jeune Marion assise sur le perron de la bâtisse tandis que celle-ci prenait feu. Elle lui avait indiqué où était le corps de son père.

« Il le fallait, Madame Saint-Erme, il le fallait. J'ai pris sa carabine et je lui ai tiré une balle dans la tête. Il est dans son bureau. Il est mort au milieu de ses livres. C'est mieux. On est tous condamnés, le monde ne doit pas savoir, il ne devait pas publier ce livre, il ne le devait pas ! » C'était tout ce qu'elle avait pu dire. Quand la police et les secours étaient arrivés sur place, la majorité de la maison était la proie des flammes. Et Marion avait été admise à l'hôpital en état de choc. Avant que l'ambulance ne l'emmène, elle avait donné à Sonia les papiers qu'elle serrait contre elle. Un extrait du livre de son père qui était parti en fumée. La pauvre Marion était devenue folle, elle ne pouvait que répéter que l'humanité n'était pas prête pour de tels secrets. Damien ne comprenait pas bien lesquels.

— Sonia, on me laisse un peu tranquille car je te connais et que je quitte la maison dans deux semaines, mais il faut vraiment qu'on fasse cette déposition, dit le policier d'une voix douce. On peut la faire ensemble mais après je devrai passer la main aux collègues. Il faut que tu me parles.

— Elle a tué son père, que veux-tu que je dise de plus ? répondit Sonia tout bas.

— Sonia, veux-tu qu'on t'emmène à l'hôpital ? Tu es sous le choc et…

— Non, c'est bon. C'est juste que… j'y arrive pas, là, dit-elle au bord des larmes.

— Bon ça suffit, j'appelle une ambulance. »

Sonia se laissa faire. Elle se sentait vidée de toute énergie. Elle reçut une bonne dose d'anxiolytiques et dormit d'un sommeil sans rêve. Elle se réveilla au milieu de la nuit, tenta de se lever pour aller aux toilettes mais dut demander l'aide d'un infirmier. La jeune femme se sentit honteuse. Puis elle se rendormit. Cette fois, elle rêva de milliers d'oiseaux qui obscurcissaient le ciel, de Johanna montée sur un grand cheval famélique et d'un infini brouillard.

Sonia fut réveillée vers 7h30 par deux infirmières qui lui déposèrent le petit-déjeuner. La jeune femme se rua sur son téléphone avant d'avaler un café. Elle comprit que Damien avait tout géré avec Jean pour garder Johanna. Comme d'habitude. Comment ferait-elle sans ces deux-là ? La psychologue prit ensuite le temps d'appeler ses patients de la journée pour reporter les séances prévues. Elle réussit à parler à Damien pour convenir d'un rendez-vous pour sa déposition et à Jean qui confirma que Johanna était bien à l'école. En attendant la visite du médecin, Sonia attrapa dans son sac les feuillets que Marion avait emportés avec elle. Ils étaient les seuls témoins du voyage de Paul Delgado.

CHAPITRE 28

« Quand on sait ce qu'on vient chercher, tout est possible à Ins Gehaïth. Ici règne la folie la plus pure, tout le monde est dément. Les âmes sont perdues à jamais. Seules quelques-unes parviennent à comprendre leur situation, certaines arrivent même à communiquer avec les vivants quand ces damnés ouvrent un portail. Il faut les voir, dès qu'une ouverture se fait jour, tous ces morts se ruer sur la plus petite parcelle de lumière. C'est la curée. Certains se mordent, d'autres se tordent, ils s'entretuent avant de renaître quelques mètres plus loin et recommencer. C'est près de la Tour de Sals Belath, que je l'ai retrouvée. Elle était là, nue et amaigrie. Accroupie dans la poussière, la créature mangeait des cailloux, elle les picorait comme une poule. Ses grands yeux bleus occupaient la moitié de son visage, elle n'avait plus de lèvres. Sa beauté légendaire n'était plus qu'un lointain souvenir, elle était comme corrompue. La scène était d'une horreur grotesque. Mais c'était bien elle. Ma Debbie. Je l'ai appelée. Elle a commencé à venir vers moi puis s'est détournée aussitôt pour avaler une

autre petite pierre. Alors j'ai su que nous étions maudits. Car même dans la mort, je ne pourrais être réuni avec elle. Pas avec cette créature. Et qui sait ce que moi-même, je deviendrai ici. »

Sonia essuya des larmes en lisant ce passage. Elle comprenait le geste de Marion. Non, personne ne devait savoir. Ins Gehaïth devait rester le secret des initiés, de ceux dont la santé mentale était assez forte. Comment imaginer ceux qui nous sont chers devenir des âmes folles dans cet ignoble endroit ? Ni Enfer, ni Paradis, ni rien du tout. Un cauchemar. La jeune femme se mit à penser à Alex. Elle aurait tellement aimé en apprendre plus sur le Pays de l'Autre Côté. Elle aurait pu trouver un moyen de retrouver son amour perdu, de le sauver peut-être… *N'est-ce pas lui qui a trouvé un moyen de te sauver ?* Il ne l'avait pas recontactée depuis plusieurs nuits maintenant. Alex avait pourtant l'air conscient d'être mort et à Ins Gehaïth, comment avait-il fait ? *Ressors ta planche oui-ja.* Sonia fit taire la voix trop ironique à son goût et reprit sa lecture. Elle tomba sur un passage qui l'intrigua. Celui-ci décrivait une grande femme pâle montée sur un cheval squelettique près d'une forêt d'arbres rouges. Paul Delgado mentionnait que cette femme n'était pas une morte errante à Ins Gehaïth mais qu'elle pouvait accorder des voeux à ceux qui lui demandaient. Quant au prix à payer… L'écrivain avait renoncé à demander de l'aide à la Cavalière Pâle et avait préféré s'éloigner d'elle. La description de cette femme était familière à Sonia, elle l'avait déjà vue quelque part. La jeune femme dut faire un effort de concentration important mais enfin, cela lui revint. Le tableau dans la chambre des Herbert dans les Pyrénées. Johanna lui en avait parlé et Sonia l'avait vu. Comment s'appelait le peintre ? Il était polonais. Après quelques recherches sur Internet, le tableau s'afficha sur l'écran de son téléphone. Son auteur s'appelait Bekzinski. Sonia eut des frissons. Cet homme avait vu Ins Gehaïth. Il l'avait peint. La jeune femme reposa son téléphone et prit une grande inspiration. Elle devait contacter Alex. Elle ne pouvait se tourner que vers Nathalie pour cela. Elle composa son numéro.

— Nathalie, bonjour, c'est Sonia. Ecoutez, je dois…

— Bonjour Sonia. Que se passe-t-il ?

— Ecoutez, il faut qu'on se voie.

— C'est Johanna ?

— Non, non, c'est pour moi. Je dois contacter… un mort. Je dois contacter Alex. C'est important.

— Sonia, calmez-vous, dit Nathalie d'une voix douce. Il faut que vous m'expliquiez tout. Venez chez nous ce week-end, ce sera plus simple.

— Mais…

— Il n'y a pas de mais. Ce que vous me demandez est extrêmement dangereux. Venez me voir samedi. A prendre ou à laisser.

— Je prends.

Nathalie raccrocha. Elle était satisfaite de revoir Johanna mais la requête de Sonia la tracassait. Vouloir contacter Alex ? Pour quelle raison ? Elle crut comprendre quand elle reçut une alerte sur son téléphone portable : une dépêche AFP annonçait la mort de Paul Delgado. La sorcière alluma la télévision sur une chaîne d'info en continu. La nouvelle venait d'une source policière mais n'était pas confirmée par la famille de l'écrivain. Nathalie éteignit finalement le téléviseur et s'installa à genoux au milieu du tapis rond de son salon. Les paumes tournées vers le ciel, elle ferma les yeux et prit quelques inspirations. Tout bas, elle se mit à psalmodier dans une langue qui n'était pas de cette Terre. Les poils de ses bras se hérissèrent. Elle se concentra sur l'image de Paul Delgado afin de comprendre ses derniers instants. Ce sort n'était pas le plus compliqué qu'elle ait appris mais il demandait un grand don de soi. Les tatouages cachés de sa peau se mirent à luire. Enfin, elle le trouva. Elle entendit un coup de feu, ressentit un choc à l'œil droit. Puis les sensations furent confuses. Enfin, de la chaleur, la chair qui brûle. Nathalie ouvrit les yeux. Sa fille l'avait tué. Quelle mort horrible… La sorcière prit une douche délassante afin de chasser ces sensations plus que désagréables avant d'appeler Alicia. Elle devait la tenir au courant de ces événements.

CHAPITRE 29

Ce soir-là, la petite troupe se retrouva pour dîner chez Sonia. Réunis dans le salon, ils mangeaient des plats indiens qu'elle avait fait livrer. Johanna dormait déjà. La psychologue décida de s'ouvrir à ses deux amis et leur raconta tout : le retour d'Alex, les écrits de Paul Delgado, le tableau chez les Herbert et le comportement de Johanna. Le dénominateur commun était Ins Gehaïth.

— Bien, dit Damien. J'admets que tout est lié, que la coïncidence est peut-être forte. Que comptes-tu faire maintenant ?

— Il faut que je parle à Alex.

— Pour ? demanda Jean, reposant son plat en carton sur la petite table.

— Pour comprendre ! répondit Sonia. Je veux savoir pourquoi ce... Cet Au-Delà surgit tout à coup dans ma vie. Le seul qui avait des réponses à m'apporter est mort maintenant.

— Tu voulais qu'il te dise quoi ? Comment faire pour y aller ? Pour rejoindre Alex ? insista Jean, mécontent. Regarde l'état dans lequel tu te mets !

— Arrête avec ce ton tout de suite, rétorqua Sonia. Surtout en ce moment.

— Mon départ ne m'empêche pas d'être ton ami ni de te dire ce que je pense. Tu fonces encore tête baissée, comme si ce qui s'était passé avec Martine Sanoise n'avait servi à rien. Et merde, je me répète. Je t'ai déjà dit tout ça. Tu ne m'écoutes pas, tu pars de ton côté…

— De mon côté ? le coupa Sonia, s'énervant. Dit le mec qui se barre à Paris sans prévenir. J'ai déjà Johanna qui s'éloigne de moi. Et toi Damien, tu avances aussi de ton côté… C'est vous tous qui vous en allez. C'est pas moi. Et le seul qui vienne vers moi, c'est Alex.

Un lourd silence suivit les propos de Sonia. Finalement, celle-ci se leva et annonça qu'elle était fatiguée et qu'elle allait se coucher. Elle s'enferma dans sa chambre. Les deux hommes débarrassèrent les restes du repas et quittèrent l'appartement. Sous les couvertures, Johanna ne dormait plus, les éclats de voix l'ayant réveillée. Demetra avait raison, s'attacher aux gens, ça finissait toujours par faire du mal. Elle décida de retrouver son amie et laissa son esprit quitter son corps pour d'autres mondes.

Quand elle entendit la porte d'entrée claquer, Sonia sortit de sa chambre. *Bien joué, gamine*. Elle regrettait ses propos, son attitude envers ses amis. *Ils te tendent la main et toi tu les envoies balader*. *Oh ta gueule*. La jeune femme alluma la télévision. Elle n'était pas fatiguée du tout, malgré la journée. Elle avait quitté l'hôpital en début d'après-midi et avait fait sa déposition auprès d'un collègue de Damien dans la foulée. Malheureusement, ses demandes de rencontre avec Marion Delgado resteraient vaines. Elle serait sûrement interrogée au cours de l'enquête. La préméditation du meurtre de Paul serait au cœur des interrogations des juges. Sonia laissa ses pensées dériver et elle vécut de nouveau la dispute qui venait d'avoir lieu. Après tout, avait-elle vraiment tort ? Ils lui tournaient tous le dos, ils avançaient, avaient de nouveaux projets… Sa relation avec Damien était à peine naissante mais elle le considérait comme un ami de longue date. Quant à sa fille… Que faire pour retrouver leur complicité ? Etait-ce seulement encore possible ? Le week-end à Paris lui donnerait peut-être des éléments de réponse. Finalement, Sonia se coucha vers minuit, la tête farcie de questions. Et quand Alex apparut, elle se laissa porter par sa voix et sa présence, et redevint l'adolescente amoureuse qu'elle avait été plus de quinze ans auparavant. C'était si facile de lâcher prise.

Le lendemain matin, le réveil fut des plus durs, pour Sonia comme pour Johanna. Mère et fille avaient chacune passé la nuit dans un endroit loin de ce Monde mais elles ignoraient encore que leurs guides les trompaient.

CHAPITRE 30

Après avoir déposé Johanna à l'école, Sonia fila à son cabinet. Elle eut juste le temps de prendre un café en saluant Malika avant son premier rendez-vous. Sa journée était chargée et la plupart de ses patients étaient nouveaux. C'est ainsi qu'elle fit la rencontre d'une adolescente qui venait de découvrir qu'elle était une enfant non désirée ou encore d'un quarantenaire se déclarant medium et dépassé par le nombre de morts voulant faire passer des messages à travers lui. Si la psychologue était ravie d'avoir des journées différentes les unes des autres, la diversité des sujets l'obligeait cependant à une gymnastique intellectuelle épuisante. Il fut difficile pour Sonia de rester concentrée toute la journée, surtout quand son esprit était déjà au lendemain, à Paris, à essayer de contacter Alex.

De son côté, Nathalie avait reporté à sa femme tout ce que Sonia lui avait dit. Alicia Herbert n'aimait pas du tout la tournure que prenaient les événements, étant déjà très occupée par la Déesse Hibou. Cependant, récupérer Johanna pouvait l'aider dans sa guerre contre

Ambrosia. Alicia expliqua à Nathalie que le culte s'activait de plus en plus, signe qu'elle avait raison : un rituel se préparait pour le 31 octobre. Elle pouvait compter sur les informations de Roy McDowell, un étudiant en histoire de l'art qui faisait partie de son réseau international et qui habitait Forbes, près de Dunbar. Roy était jeune mais particulièrement perspicace. C'était lui qui avait prévenu Alicia de ce qui se tramait. Il avait observé, patienté et recoupé les informations avant de joindre la Française ; lui aussi s'était engagé contre la Mère Première, à ses risques et périls. Moira Abbes avait été identifiée comme la cheffe du culte. Ses lointaines ancêtres avaient elles-même suivi les enseignements de la Déesse Hibou jusqu'à ce que le culte finisse par se mettre en sommeil pendant une bonne centaine d'années. D'après Roy, la déesse répondait de moins en moins aux appels de ses fidèles et ces dernières avaient fini par lui tourner le dos. Pour Alicia Herbert, si Ambrosia ne s'était plus manifestée sous cet avatar c'est qu'elle avait dû être très occupée ailleurs. La sorcière était sur tous les fronts en même temps, c'est ce qui la perdrait. Restait à savoir pourquoi elle avait ranimé ce culte écossais. Nul doute que les sacrifices humains perpétrés par ces femmes la nourrissaient mais que préparait-elle pour le 31 octobre ? Grâce à un sort de Nathalie, Alicia avait pu assister à une cérémonie à travers les yeux de Roy. Toutes les adeptes étaient telles que Johanna les avait décrites, preuve que la petite avait bien réussi son voyage astral jusqu'à Dunbar. La clairière, le feu de joie, les robes et les bijoux... Cela n'avait pas impressionné Alicia outre mesure, elle en avait vu d'autres ! Mais le jeune Roy avait été perturbé, d'autant qu'il savait le danger mortel qu'il courrait, étant un homme. Avoir un œil et une oreille attentifs, lire la presse, interroger ses contacts était une chose, aller sur le terrain en était une autre. Mais Alicia savait qu'elle pouvait compter sur l'étudiant, il serait là coûte que coûte. Parce qu'il lui était redevable et c'est ainsi qu'il payait sa dette auprès de l'ancienne professeure.

Nathalie laissa les préoccupations écossaises de côté. Elle avait un rituel très important à préparer. Elle se rendit dans la pièce de l'appartement dédiée à sa pratique de la magie. La petite salle comportait une étagère remplie de bocaux, boîtes et livres, un petit autel et une petite table ronde en son centre. La grande fenêtre laissait passer le soleil d'automne, la saison préférée de Nathalie. Sur la petite console de bois qui servait d'autel, elle alluma deux grandes bougies blanches et s'agenouilla. Les mains jointes sur le front puis sur son cœur, elle pria les déesses et les ancêtres de lui donner la force nécessaire pour les événements à venir. Outre les bougies, l'autel comportait plusieurs pierres, quelques coquillages, des pommes de pin et de jolies feuilles mortes afin de marquer la saison. Au bout de quelques minutes, Nathalie se releva et activa un tiroir secret dans lequel elle gardait son livre des ombres, son grimoire dans lequel elle notait tous ses charmes et les recettes de ses potions. Contacter une âme morte était un sort dangereux et qu'elle ne maîtrisait pas complètement. La sorcière vérifia qu'elle avait tous les ingrédients nécessaires puis ferma les grands rideaux noirs de la pièce, occultant toute lumière. Elle se déshabilla, déplaça la table dans un coin de la pièce et s'allongea sur le sol. Sur le parquet, un pentacle se mit à luire tout comme les nombreux tatouages cachés sur la peau de Nathalie. Celle-ci ralentit sa respiration et ferma les yeux. Elle resta ainsi jusqu'à ce que les deux bougies blanches soient entièrement consumées. Quand la pièce fut plongée dans le noir, elle ouvrit les yeux et avala une grand goulée d'air. Elle était prête.

CHAPITRE 31

Sonia détestait prendre le métro parisien. Mais entre le prix de deux tickets et la course en taxi, elle n'avait pas le choix. Après une vingtaine de minutes dans les transports en commun puis cinq de marche, Johanna et elle arrivèrent au pied de l'immeuble des Herbert. La rue était calme, la Seine coulait non loin. Johanna, ignorant la véritable raison de ce séjour parisien, était excitée à l'idée de revoir Nathalie. Celle-ci les accueilla, fatiguée mais sincèrement heureuse de les revoir. Alicia n'était pas là, courant à gauche et à droite auprès d'experts en sorcellerie. Elles déjeunèrent toutes les trois, la fillette prit la parole pendant tout le repas, détaillant à Nathalie son école, les professeurs, les animateurs, les autres élèves... Jamais Johanna ne mettait autant d'enthousiasme à raconter ses journées à sa mère et celle-ci ne put s'empêcher d'être jalouse l'espace d'un instant. *C'est normal, elle ne l'a pas vue depuis longtemps. Respire un peu.* Après déjeuner, Nathalie leur proposa une balade sur les bords de Seine. Le temps était clément, c'était l'occasion idéale de profiter un peu de la capitale. Sonia apprécia l'initiative et discuta de tout et de rien avec Nathalie tandis que Johanna courait devant elles. La normalité de la situation fit le plus grand bien à la jeune femme. Si elle devait vraiment renouer avec les Herbert, elle avait besoin d'événements normaux de ce type : un déjeuner, une promenade vivifiante... Elles goûtèrent dans un salon de thé près de Notre Dame. Nathalie expliqua à demi-mots à Sonia que sa gérante tout comme beaucoup de clientes étaient toutes des sorcières. Les noms des thés et infusions proposées étaient énigmatiques voire amusants pour le commun des mortels mais il en était tout autre pour les initiées. Sonia laissa donc Nathalie leur choisir leur boisson et Johanna se régala d'un moelleux au chocolat.

— Alors Nathalie, qu'est-ce que je suis en train de boire ?, demanda Sonia, intriguée.

— Une infusion qui permet l'ouverture d'esprit. Non pas au sens commun, si vous voyez ce que je veux dire..., répondit la sorcière en souriant.

— Et vous... toi-même ? Je suis désolée, je crois qu'il serait bon de se tutoyer une bonne fois pour toutes, dit Sonia. La distance du vouvoiement…

— Je comprends tout à fait, la coupa Nathalie. Et je suis entièrement d'accord, il est temps de se rapprocher, d'enterrer les vieilles querelles et de faire cause commune. On va se tutoyer, ce sera beaucoup plus simple.

— Juste rassure-moi, le jus d'orange de Johanna…

— Il n'y a rien d'autre que des fruits frais. »

De retour à l'appartement, Nathalie proposa à Sonia de faire voyager Johanna jusqu'à Alicia. La sorcière rassura la jeune femme, il s'agissait seulement de la trouver dans Paris. Elle installa la fillette confortablement dans un fauteuil moelleux et s'assit en face dans un canapé. Sonia se mit en retrait dans un autre fauteuil et retint son souffle. Malgré le discours de Nathalie, elle ne put s'empêcher d'avoir peur pour sa fille. Johanna ferma les yeux, bercée par la voix de la sorcière, son corps se détendit. Il ne guère plus de deux minutes pour qu'elle revienne de son voyage astral et déclare avoir vu Alicia dans une chambre d'hôtel discuter avec un monsieur. Nathalie fut très impressionnée par les compétences de son apprentie. Elle lui demanda de retourner dans cette pièce et de passer le bonjour à Alicia. Amusée par l'exercice, Johanna ferma de nouveau les paupières et se retrouva dans la chambre d'hôtel en un clin d'œil. Elle se plaça près d'Alicia Herbert et lui murmura «

bonjour ». Cette dernière sursauta tout comme l'homme qui avait entendu lui aussi la voix de la fillette. Celle-ci se mit à rire :

— Bonjour Alicia, c'est moi Johanna.

— Johanna ? Mais où es-tu ? Et comment fais-tu cela ? Tu es avec Nathalie ?

— Oui et avec maman. Mais attendez, je vais me montrer.

Et le corps éthéré de Johanna apparut à côté de la professeure. L'homme hurla de peur devant l'apparition et Alicia tenta de le rassurer. Elle-même était impressionnée et eut un sursaut en voyant la petite fille se matérialiser près d'elle. L'effet de transparence la faisait passer pour un fantôme. La fillette rit de nouveau puis disparut. De retour dans son corps, elle raconta ce qu'elle avait fait. Nathalie ne lui ayant pas appris cette étape supérieure du voyage astral, elle la pressa de questions.

— Qui t'a appris à faire ça Johanna ?

— Euh... personne, répondit la fillette, embêtée.

— Johanna, ma petite, ne me mens pas, insista Nathalie d'une voix plus ferme.

— Je sais le faire toute seule !, s'entêta Johanna. J'ai appris toute seule. Un jour, je l'ai fait, c'est tout.

212

Elles furent interrompues par la sonnerie du téléphone. Alicia était au bout du fil. Elle raconta avec ses propres mots ce qu'il venait de se passer. Pendant qu'elles discutaient, Sonia prit Johanna dans ses bras. La petite semblait vexée. Elle pensait sans doute que tout le monde serait fier de voir les progrès qu'elle avait fait mais au contraire, Nathalie était en colère. Johanna s'agaça en entendant sa mentor parler à sa femme. Pourquoi n'aurait-elle pas le droit de savoir être à deux endroits en même temps ? Demetra lui avait appris ce tour qu'elle trouvait maintenant simple à réaliser. Après tout, elle avait le pouvoir de le faire alors pourquoi ne pas l'employer ? Après avoir raccroché, Nathalie tenta de nouveau de questionner Johanna mais la fillette resta dans les bras de sa mère sans dire un mot. Sonia, elle, était restée muette. Sa fille développait le don d'ubiquité. Quels étaient réellement ses pouvoirs ? On était loin du voyage astral. Elle proposa à Johanna de se mettre au calme avec des feuilles et ses crayons de couleurs. Johanna accepta de bonne grâce et laissa les adultes entre elles. Les deux femmes en profitèrent pour s'installer dans la cuisine, loin des oreilles de Johanna.

— Tout ceci n'est pas normal, n'est-ce pas ?, demanda Sonia.

— Ce n'est pas en ces termes qu'il faut poser la question, répondit Nathalie. Le voyage astral est une chose, ça peut être un point de départ. Il s'agit de dissocier son esprit de son corps et de se projeter dans un autre endroit. Ce que fait Johanna, c'est le stade au-dessus. Je ne savais pas qu'elle en était capable. D'après la description d'Alicia, le corps de Johanna était transparent, un peu comme un fantôme disons. Si elle arrive à complètement se matérialiser ailleurs et interagir avec des objets ou des personnes, c'est... ce sera de l'ubiquité. C'est encore autre chose. Et ça ouvre des portes…

— Tu penses qu'elle en est capable mais qu'elle ne l'a pas fait.

— Oui. Je pense que les pouvoirs de Johanna vont au-delà du voyage astral. Bien au-delà. Mais je suis étonnée qu'elle les développe seule. Si c'est le cas, elle est vraiment très forte. Trop forte. Pour moi, pour mon enseignement.

— Mais auprès de qui elle apprendrait ? Je veux dire, je sais où elle se trouve à chaque moment de la journée et ce n'est certainement pas à l'école qu'une autre sorcière peut lui apprendre ce genre de choses !

— Soit elle est autodidacte, soit elle a rencontré quelqu'un au cours d'une sortie astrale.

— Non, non, je refuse de croire ça, dit Sonia en repoussant sa tasse.

— Je ne sais pas quelle explication serait la meilleure, dit Nathalie en soupirant.

CHAPITRE 32

Quand Johanna fut couchée, Nathalie prépara du café pour Sonia et se fit un thé noir. Assises dans le salon, les deux femmes discutaient et un lien commençait à se tisser entre elles. Sonia s'était toujours méfiée de Nathalie et avait nourri de la jalousie à son égard depuis qu'elle était devenue la mentor de sa fille. Installée dans un canapé moelleux, à expliquer son métier, à raconter sa vie après l'agression de Martine Sanoise, elle découvrait chez la sorcière de grandes qualités d'écoute. La discussion glissa tout doucement vers l'affaire Delgado. La psychologue parla de Paul et non de Marion.

— C'était un homme... compliqué. Je ne l'ai connu que brièvement et après son retour. Mais je pense qu'il n'était déjà pas tendre avec sa fille avant sa disparition. Il était obnubilé par sa femme. C'était elle qui comptait, plus que tout

— L'amour... soupira Nathalie en souriant.

— Oui, ça nous fait faire des choses incroyables, des fois stupides. Et puis il y a son voyage à Ins Gehaïth.

— Chez les initiés, le Pays de l'Autre Côté est un mythe. J'ai toujours préféré ne pas y croire car sa réalité est effrayante. Si nous sommes tous condamnés à y passer une seconde et éternelle existence...

— Oui, ça remet beaucoup de choses en perspective. Moi-même j'ai encore du mal à réaliser... Mais Johanna l'a mentionné et ça remet aussi les choses en question vis-à-vis d'Alex. S'il y est, s'il n'est pas devenu fou, comment se souvient-il de moi ? Comment me contacte-t-il ?

— C'est ce que nous tenterons de découvrir tout à l'heure, répondit Nathalie.

— Et il y a la Cavalière Pâle. Paul la mentionne et vous l'avez en tableau.

— J'avoue que c'est Alicia qui a acquis cette toile, il y a quelques années. Je ne l'ai jamais particulièrement aimé mais ma femme y tient. Elle l'a acheté lors d'une vente aux enchères, au prix fort. Elle a toujours été fascinée par cette Cavalière. Beksinski était un peintre polonais dont les toiles et dessins sont tous plus fascinants les uns que les autres. Comment avait-il accès à Ins Gehaïth ? Par l'intermédiaire de ses rêves peut-être... A moins qu'une sorcière lui ait donné le pouvoir de voyager.

— Comme Johanna tu veux dire ?

— Oui. Mais à un autre niveau. Peut-être qu'il n'avait pas réellement conscience de son pouvoir, qu'il ne pouvait aller que là-bas. Ou alors il avait des visions. Je ne sais pas. Toujours est-il que je ne regarderai plus ce tableau de la même façon.

Plongées chacune dans leurs pensées, les deux femmes finirent leurs boissons puis Sonia ne put s'empêcher de poser des questions sur le rituel. En vérité, la jeune femme était effrayée autant qu'excitée à l'idée de contacter Alex.

— Oublie tout ce que tu as vu dans les films, répondit Nathalie. Soit ce sont les morts qui créent un passage vers nous, soit nous, les vivants, créons un passage vers les morts. Le premier cas est plus commun que le second. Il ne suffit pas d'une planche oui-ja ou d'un pentacle pour invoquer les esprits. Le rituel que nous allons entreprendre me demande une certaine préparation, et il est assez dangereux.

— Pourquoi ?, s'enquit Sonia.

— Parce que les morts sont avides de revenir de ce côté-ci de la barrière. Quand ils verront que j'ai ouvert une brèche, ils voudront s'y engouffrer, or je dois ferrer le bon poisson, au milieu d'un banc de requins.

— Et on a pas besoin d'un objet qui appartenait à Alex ?

— Non, tes souvenirs, tes sentiments plus mes pouvoirs suffiront.

— Tu l'as déjà pratiqué ?

— Une fois, avec ma mentor, une puissante sorcière du nom d'Elizabeth. La séance a été mouvementée... murmura Nathalie, les yeux dans le vague.

— Quel est le danger ?

— Que le mort prenne possession du vivant.

— Alex m'a déjà parlé à travers la bouche d'un patient, il y a quelques années.

— Il a trouvé une faille et s'y est engouffré. Sans doute que ton patient ne t'a pas tout raconté mais les hommes ne naissent pas medium. Seules les femmes peuvent l'être et encore, maîtriser ce don exige énormément de travail. Non, ton patient a du participer à un rituel, je ne sais pas lequel, qui l'a transformé en canal de transmission, au moins pour un temps. Il y a de quoi devenir fou. Mais en tout cas, cela veut dire qu'Alex ne t'a pas oublié et a toujours cherché à te trouver, à te parler. Il est conscient d'être mort, il est à l'affût de la moindre connexion. On arrivera à le trouver facilement, il faudra juste empêcher les autres de nous déranger. As-tu d'autres questions ?

— Non, je ne crois pas, répondit Sonia. J'avoue que j'ai un peu peur.

— C'est tout à fait normal. Je serai même étonnée du contraire !, sourit Nathalie. Ne t'inquiète pas, je serai sur mes gardes, seul Alex viendra nous parler.

— Comment ? A travers toi ?

— En quelque sorte. Il faudra que tu sois très à l'écoute car c'est là-haut que tu vas entendre sa voix, dit la sorcière en tapotant sa tête de l'index. Pose tes questions à voix haute ou dans ta tête, de toute façon j'entendrai tout. Je ne sais pas combien de temps nous aurons alors va à l'essentiel.

— Il faut que je te raconte une dernière chose, dit Sonia. C'est peut-être rien mais... Quand nous étions adolescents, avec Alex, nous avons tenté d'appeler les esprits avec une planche oui-ja. Alex m'avait acheté un collier dans une brocante et on s'était imaginé que sa propriétaire était peut-être morte et qu'on pouvait l'appeler. Ça n'a rien donné de probant. Par la suite, Alex a fait graver le dos du médaillon avec nos initiales. C'était juste avant sa mort...

— Sonia, vous avez fait quelque chose de vraiment stupide ! Que s'est-il passé pendant la séance ?

— La planchette a tracé des mots incompréhensibles. On s'est mutuellement accusés de l'avoir fait bouger.

— Les planches oui-ja sont de puissants objets pour qui sait les maîtriser. On appelle pas les morts ainsi ! C'est un rituel extrêmement complexe et dangereux, enfin ! Et le collier ! Certains objets peuvent être maudits. Il faut toujours se renseigner quand on achète quelque chose en brocante, surtout un bijou.

— Tu penses que la mort d'Alex est liée à notre séance ?

— Ou à l'objet. Où est-il maintenant ?

— Chez mes parents. Je n'ai jamais eu le courage de le garder. »

Nathalie rassura Sonia du mieux qu'elle put, puis indiqua qu'il était temps de passer dans une autre pièce, celle dédiée au rituel.

CHAPITRE 33

Sonia découvrit la salle magique de Nathalie. La sorcière alluma des bougies et éteignit les lumières. Elle demanda à la psychologue de s'installer confortablement sur une chaise, de fermer les yeux et de se concentrer sur sa voix. Puis elle s'assit à ses pieds et prit ses mains dans les siennes. Elle se mit à psalmodier dans une langue inconnue mais incroyablement douce et apaisante. La respiration de Sonia se ralentit, ainsi que les battements de son cœur. La séance de relaxation dura une vingtaine de minutes.

Sur la table était tracé un pentacle, des bougies noires à chaque sommet. Au centre, plusieurs pierres, des sélénites, étaient disposées selon un schéma complexe. La pièce était entièrement plongée dans le noir. D'un claquement de doigts de Nathalie, les cinq bougies s'allumèrent. La sorcière ne put retenir un sourire en entendant la réaction de Sonia. Elle aimait beaucoup ce petit tour. Elle s'assirent en même temps puis Nathalie expliqua le rituel : il s'agirait uniquement pour Sonia de se concentrer sur Alex et de ne jamais lâcher ses mains ni de quitter la table. Sonia acquiesça d'un signe de tête. Nathalie mâcha du persil, plante fréquemment utilisée pour contacter les défunts expliqua-t-elle à Sonia, puis cracha la mixture dans ses mains et prit celles de la psychologue. Le rituel pouvait commencer.

De nouveau, la sorcière employa des mots dans une langue inconnue et dont les accents gutturaux firent frissonner Sonia. Cette dernière perçut un changement dans l'air, comme s'il était devenu plus lourd, oppressant, pesant sur ses épaules. Soudain, elle se rendit compte qu'elle sentait les paumes de Nathalie contre les siennes, le contact de sa peau indiquait que le persil dont elle avait enduit leurs mains avait disparu. Sonia prit une grande inspiration et regarda Nathalie. Celle-ci avait les yeux fermés, tout en continuant à psalmodier. Les variations de l'air se succédèrent, il devenait tantôt glacé, tantôt chaud voire humide. Au bout de quelques minutes, il se stabilisa et Sonia eut de nouveau l'impression de respirer. Nathalie ouvrit les yeux et planta son regard dans les pierres disposées au centre de la table. D'une voix ferme et forte, elle somma les morts de venir à sa rencontre. Sonia se mit à penser à Alex de toutes ses forces. Elle en eut le tournis. La prise de Nathalie sur ses mains se fit plus forte. Certaines bougies s'éteignirent alors qu'un courant d'air sorti de nulle part balaya la pièce. Sonia gémit de peur. Puis elle sentit une présence, à la lisière de sa conscience. Une petite voix, qu'elle connaissait bien, parla :

— Sonia ? C'est toi ?

— Alex !, cria Sonia. Oui, c'est moi.

— Je sens la présence de quelqu'un d'autre. Ce n'est pas toi qui m'a appelé. Je sens...

— C'est moi qui t'ai convoqué, intervint Nathalie. Et maintenant que je t'ai attrapé, tu vas nous dire tout ce que nous avons besoin de savoir.

— Hors de question !, répondit Alex.

— Je décide, s'imposa Nathalie.

Sonia constata que la sorcière n'avait pas ouvert la bouche. Elle parlait dans sa tête, tout comme Alex. N'osant plus la regarder, elle plongea elle aussi son regard dans les sélénites.

— Je suis celle qui t'a appelé, reprit Nathalie. Je déciderai quand te relâcher petit Alex. Et je te somme de nous dire la vérité. Tu sens que tu n'as pas le choix ? Tu auras beau essayer de résister, mon sort te lie à moi et t'oblige à m'obéir.

— Maudite sorcière !, dit Alex. Vous êtes toutes les mêmes !

— De qui parles-tu ?, demanda Sonia.

— Je ne peux pas le dire.

— Parle !, ordonna Nathalie.

— C'est... c'est la Cavalière Pâle. C'est elle qui m'a trouvé, c'est elle qui m'a dit... qui m'a montré ma malédiction. J'ai été maudit... S'il-vous-plaît, laissez-moi partir maintenant.

— Iä Iä Sabaoth n'ghi itar, murmura Nathalie. Le sort t'étreint un peu plus. Dis-nous tout maintenant ou la douleur n'en sera que plus forte petit Alex.

— Nathalie, doit-on vraiment... tenta Sonia.

— Le collier, reprit Alex. Le collier que j'avais acheté était maudit et ma malédiction est d'être conscient parmi les morts. Je ne deviens pas fou comme les autres, je suis vivant à Ins Gehaïth. Pour l'éternité. J'erre parmi la folie du Pays de l'Autre Côté sans pouvoir m'y plonger et tout oublier.

— C'est à cause du collier que tu es mort ?, demanda Sonia. Parce qu'on a voulu invoquer l'esprit de sa propriétaire ?

— Non, c'est parce que j'ai voulu y graver nos noms. Ce bijou était maudit, je n'avais pas le droit d'y toucher. Arrêtez maintenant, arrêtez.

— Comment est-ce à Ins Gehaïth ?, questionna Sonia.

— C'est l'antre de la folie. Tout y est absurde et grotesque. J'aimerais devenir fou comme les autres pour ne plus en avoir conscience. J'ai vu cent fois, mille fois, les mêmes villes brûler sous le feu de bombes et renaître de leurs cendres. J'ai observé les Dieux cachés du Monde danser sous une lune géante et festoyer avec des squelettes hauts de cinq mètres. Des enfants élevés comme des bêtes en cages, d'autres commander aux adultes... La démence est notre maîtresse ici. J'aimerais tellement ne plus voir ces horribles choses... Laissez-moi, je vous en supplie, laissez-moi !

— Pas encore, dit Nathalie. Parle moi de la Cavalière Pâle.

— Non, non, je ne peux pas.

— Iä Iä Sabaoth n'ghi itar mani, psalmodia la sorcière. Tu sens la douleur Alex.

— Nathalie, ne lui fais pas de mal, implora Sonia.

— Parle !

— La Cavalière Pâle n'est pas d'Ins Gehaïth mais elle parcourt le Pays à la recherche d'âmes à berner. C'est une très puissante sorcière qui sait comment venir et repartir. Elle est montée sur un cheval famélique géant. Ses longs cheveux noirs... Elle est terrifiante. Elle est d'une cruauté sans limite. Je ne peux pas en dire plus sur elle... Si elle apprend que je vous en ai parlé…

— Ce n'est pas fini, intima Nathalie. Pourquoi est-elle venue te parler ?

— Elle, elle... elle m'a promis de me libérer de ma malédiction.

— Comment ?

— Elle m'a donné des pouvoirs.

— En échange de quoi ?

— Je ne peux pas le dire. Je ne peux pas.

— Encore une fois, et ta douleur sera éternelle. Tu apprendras que toutes les sorcières font preuve de cruauté et sont sans aucun scrupule. Dis-nous en échange de quoi !

— De Sonia.

CHAPITRE 34

Si le corps de Johanna était bien endormi dans la chambre d'amis, son double astral, lui, vagabondait dans l'appartement. La petite fille, qui voulait espionner sa mère et Nathalie, se glissa dans la pièce où le rituel avait déjà commencé. L'atmosphère dans la petite salle la dérangea, l'air était électrique, lourd, malsain. Elle avait du mal à se déplacer. Les sons lui parvenaient de très loin, elle n'arrivait pas à tout entendre. Elle comprit que Nathalie avait invoqué quelqu'un, elle sentit la colère et les dons magiques de la sorcière mais vit qu'elle s'épuisait vite. Bientôt, le rituel prendrait fin. Frustrée, Johanna décida de quitter la pièce et de se rendre au Temple vide retrouver Demetra. Elle se concentra quelques secondes et se sentit aspirée vers le haut. Elle traversa le vide interstellaire avant de se poser en douceur sur les pierres froides du Temple de la Mère Première qui était maintenant le sien. Johanna appela plusieurs fois son amie mais personne ne lui répondit. Déçue, elle se rendit dans une salle où traînaient encore quelques vieux meubles. Elle se plaça au centre de la pièce et entonna une douce mélopée, murmurant consciencieusement les paroles magiques que lui avait apprises Demetra. Alors que son regard se portait sur une chaise, celle-ci se mit à léviter. Johanna pointa son index vers elle et répéta les mots un peu plus forts, y jetant toute sa frustration. La chaise se mit à craquer, à se fendiller puis le bois se brisa en plusieurs morceaux qui flottèrent quelques instants en l'air avant de retomber avec fracas. Quand la chaise fut désintégrée, Johanna souriait. C'était un jeu amusant qu'elle maîtrisait bien maintenant. Elle souffla bruyamment puis se concentra de nouveau. Son amie aux cheveux bleus lui avait appris un nouveau tour, il était temps de l'essayer. Johanna répéta une nouvelle formule magique à haute voix, le regard braqué sur les morceaux de bois. Ceux-ci se mirent à frémir puis se redresser et enfin à s'assembler. La chaise se reconstitua. La petite fille poussa une exclamation de joie puis d'un regard envoya le meuble se fracasser contre le mur.

CHAPITRE 35

Quand Sonia entendit la réponse d'Alex, elle en eut le souffle coupé. Qu'est-ce que cela voulait dire « en échange de Sonia » ? La jeune femme se sentit trahie et voulut en savoir plus. Elle interrogea le mort sans ménagement.

— Comment ça ? Alex explique-toi !

— Je ne peux pas. J'en ai déjà trop dit. Laissez-moi partir…

— Que veut la Cavalière Pâle ?

— Je voulais juste te revoir So, juste être un peu avec toi. Elle m'a aidé. Il y a quelques mois. Je me servais de Johanna pour trouver l'énergie nécessaire mais c'est elle qui m'a guidé jusqu'à la petite.

— Pourquoi ? Enfin, ça n'a pas de sens ! s'étrangla Sonia.

— Je ne sais pas. Vous me faites mal, laissez-moi…

— Hors de question, intervint Nathalie. Va jusqu'au bout et je te relacherai.

— C'est elle qui m'a dit que tu étais en danger, elle m'a guidé jusque ta fille et ses pouvoirs. Je devais venir te voir souvent. Je devais te tenir occupée.

— Et maintenant ?

— Maintenant, je… j'ai le pouvoir de nous offrir un monde rien qu'à nous et… Elle arrive ! Elle arrive !

Le contact fut brutalement coupé. L'air se raréfia un instant comme s'il avait été aspiré dans un autre monde puis les deux femmes purent reprendre leur souffle. Nathalie se mit à se masser les tempes, elle était exténuée. Elle se leva avec difficulté puis rejoignit Sonia. Celle-ci était désemparée. La sorcière la prit dans ses bras brièvement puis lui proposa un café. La sorcière et la psychologue se rendirent dans la cuisine sans faire de bruit. Elles burent d'abord en silence. Ce fut Nathalie qui parla la première. Pour elle, la conclusion était évidente : la Cavalière Pâle était bien Ambrosia elle-même. Sonia approuva. Si celle-ci devait être tenue occupée, c'était pour s'emparer de Johanna, mais non pour en faire une tueuse. La Mère Première ne se donnerait pas tant de mal pour enlever une nouvelle adepte. Quelque chose de plus grand était en jeu. Mais ni Nathalie, ni Sonia ne savait de quoi il s'agissait. Pour l'heure, l'important serait de veiller sur Johanna.

Sur une terre rouge et poussiéreuse, Alex faisait face à la Cavalière Pâle. Montée sur son monstrueux cheval, elle paraissait immense. Ses longs cheveux noirs flottaient au vent, cachant en grande partie son visage difforme. D'une voix sombre et caverneuse, elle s'adressa à Alex.

— Que lui as-tu dit ?

— Je suis désolée. Elle me tenait en son pouvoir. J'étais obligé de parler. Je lui ai dit que vous m'aviez aidé à la contacter, que vous m'aviez donné des pouvoirs... Mais que j'étais censée l'occuper.

— C'est bien tout ?

— Oui, je vous le jure. »

Le cheval hennit puis se cabra. Alex tomba à la renverse. L'horrible bête se jeta sur lui, ses gigantesques sabots lui labourèrent le torse jusqu'à crever sa cage thoracique. Ses entrailles mises à nu, Alex hurla. Puis le cheval s'attaqua à sa tête. Rapidement, il ne resta du corps de l'adolescent qu'une bouillie sanglante. Au bout de quelques minutes, les os, les muscles, le visage d'Alex se reconstituèrent. Reprenant sa forme originelle, il gémit de douleur puis enfin, ce fut la paix. La Cavalière était partie.

CHAPITRE 36

Les jours suivants, Sonia ne lâcha pas Johanna au point que celle-ci dut se rebeller plusieurs fois. La tension entre la mère et sa fille ne cessait d'augmenter. Malgré ses pouvoirs, Johanna restait une petite fille qu'il fallait protéger. Sonia lui interdit fermement de pratiquer le voyage astral, ce qui mit la fillette en fureur. Mais comment vérifier qu'elle suivait bien cet ordre ? La psychologue songea plusieurs fois à demander à Nathalie de brider les pouvoirs de sa fille mais était-ce la solution ? Et Nathalie en était-elle seulement capable ? Sonia était fatiguée et avait peur de sombrer dans la paranoïa. Elle aurait voulu se confier à Jean mais celui-ci préparait son départ pour Paris, tout comme Damien sa reconversion. Impossible de parler à ses collègues. Sonia se sentait bien seule. Elle avait pour seule protection un talisman donné par Nathalie et que Johanna devait porter en permanence. C'était une bien maigre consolation.

Le 31 octobre approchait et avec lui, le mystérieux rituel du culte de la Déesse Hibou.

Malgré son savoir et ses recherches, Alicia n'avait pas trouvé la raison du rituel et cela l'angoissait. Comment l'empêcher si elle en ignorait la teneur ? Sans compter ce que lui avait rapporté sa femme au sujet de la Cavalière Pâle. La professeure se demandait depuis combien de temps Ambrosia se jouait d'elle. Elle s'était jurée de détruire le tableau qui la représentait dès que possible. Impossible de garder une telle ignominie chez elle. Mais pour l'heure, il fallait qu'elle se concentre sur la Déesse Hibou. Ambrosia œuvrait sur plusieurs fronts en même temps, cela pouvait peut-être la perdre. Trop présomptueuse, trop pressée... Sa faille était sans doute là mais Alicia ne savait pas comment en tirer avantage.

Une nuit, Roy se rendit dans la clairière et Nathalie et Alicia observèrent la scène à travers ses yeux. La lune éclairait doucement les bois, l'air était froid et humide. Nathalie prit le temps d'observer tout ce qu'elle pouvait : la taille du feu dont ne restait que quelques cendres, les plantes qui poussaient çà et là, les signes gravés sur plusieurs pierres... Ce furent ces derniers qui attirèrent son attention. Composés de triangles et de spirales, ils s'adressaient à la nature, au vent et aux oiseaux de la nuit. Mais si on prenait en compte leur disposition, alors ils offraient un tout autre message : ils formaient un piège. Pour qui, pour quoi ? Nathalie songeait à Johanna. Elle dut se plonger dans quelques vieux livres pendant plusieurs jours.

Un soir, enfin, elle fit part de sa découverte à Alicia, alors que les deux femmes étaient au lit.

— Alicia, je crois avoir trouvé quelque chose. Il ne s'agit tant pas d'un piège pour retenir quelqu'un ou quelque chose prisonnier. Il est plutôt fait pour attirer.

— Je ne comprends pas bien où tu veux en venir ma chérie.

— C'est comme si l'appât était très élaboré mais la cage très peu solide. Cela ne peut pas servir à emprisonner un démon par exemple. Il s'agit vraiment de tromper et d'attirer... je ne sais pas... Mais la Déesse Hibou veut cette personne ou cette chose plus que tout, c'est certain.

— Johanna.

— J'ai moi aussi ce pressentiment…

— On sait qu'Ambrosia a déjà tenté de l'enlever, on sait qu'elle fait tout pour tenir Sonia éloignée de sa fille. Cela fait plutôt sens, tu ne crois pas ? Le rituel va servir à attirer Johanna. Il faut absolument prévenir Sonia !

— Mais pourquoi se donnerait-elle tant de mal ?

— Soit elle l'enlève et la contraint, soit elle la trompe et la petite viendra de son plein gré. Voilà peut-être ce qu'elle veut. Elle a changé de stratégie. Elle se sert de son culte écossais pour préparer ce foutu rituel et prendre Johanna. Appelle Sonia tout de suite.

Sonia ne dormait toujours pas quand son téléphone sonna. L'appel venait de Nathalie, aussi décrocha-t-elle tout de suite malgré l'heure tardive. La sorcière et sa femme lui expliquèrent les conclusions auxquelles elles étaient parvenues. Nathalie répéta à Sonia que la petite fille devait garder avec elle le précieux talisman qu'elle lui avait donné. Elle allait également faire un rituel de protection à distance. La jeune femme ne trouva pas le sommeil avant le petit matin. Ce fut Johanna qui la réveilla ce samedi, l'appelant depuis le pas de la porte de sa chambre.

— Maman ! Maman ! Je suis réveillée !

— Oui poussin, répondit Sonia d'une voix endormie.

— J'ai faim maman !

— Viens me voir avant, viens me faire un câlin...

De bonne grâce, la fillette s'exécuta et se faufila sous la couette contre sa mère.

— Maman, tu vas faire le petit déjeuner, hein ?

— Oui ma fille. Cinq minutes s'il-te-plaît. Maman se réveille.

— Mais j'ai faim.

Sonia se redressa, se frotta les yeux et bailla à s'en décrocher la mâchoire. Elle se leva, enfila une robe de chambre et attacha ses cheveux avant de se rendre dans la cuisine. Une dizaine de minutes plus tard, mère et fille déjeunaient dans le salon. Johanna regardait des dessins animés tout en sirotant un chocolat chaud tandis que Sonia buvait de grandes gorgées de café. Une fois bien réveillée, elle décida d'avoir une conversation avec sa fille.

— Johanna, poussin, il va falloir que tu m'écoutes.

— Oui maman ?

— Je t'ai dit que le voyage astral était dangereux, qu'il fallait que Nathalie t'apprenne encore des choses, d'accord ? Je t'ai demandé de ne plus le faire toute seule.

— Je ne le fais plus maman, mentit Johanna.

— Je te fais confiance ma puce. Mais il faut que je te dise autre chose, que je t'explique le danger. Alors écoute moi bien. Tu te souviens il y a quelques mois, la Mère Première a voulu t'enlever…

— Mais il y avait Louis avec moi !

— Oui, heureusement. Mais elle va encore essayer.

— Pourquoi maman ?

— Parce que... Je ne sais pas encore mais je cherche. Mais tu vois, je peux te protéger uniquement si je te vois. Si tu pars en voyage astral, je ne peux pas te protéger. Tu comprends ? C'est pour ça que je t'interdis d'en faire.

— Oui mais alors quand je suis à l'école, tu n'es pas là.

— Je sais qu'il ne t'arrivera rien là-bas, mentit Sonia à son tour. Il y a du monde, plein d'autres enfants, elle ne tenterait rien à l'école, j'en suis certaine. Tu n'as rien à craindre.

— Mais si je voyage et que je rencontre d'autres gens qui sont gentils ? Ils peuvent me protéger aussi ?

— J'aimerais te dire oui poussin mais tu ne les connais pas, moi non plus. Ne leur fais surtout pas confiance. C'est pour ça aussi que je ne veux pas que tu voyages. Tu es encore petite, des plus grands peuvent te faire du mal. Ils peuvent te mentir, te raconter des histoires... Est-ce que tu me comprends ?

— Oui, je crois maman. Mais j'ai peur, je ne veux pas qu'elle me prenne !

— Il ne t'arrivera rien si tu fais bien ce que je te dis, d'accord ?

— D'accord maman.

Ce week-end là, Johanna s'abstint de tout voyage astral. Pourtant elle aurait bien parlé de tout ceci à Demetra. Celle-ci pourrait la protéger, elle en était persuadée. Après tout c'était son amie et elle lui avait appris tant de choses ! Quand la petite fille aux longs cheveux bleus apparut un soir au pied de son lit, Johanna se retint de pousser un cri de joie. La fillette suivit Demetra en voyage astral et les deux filles se retrouvèrent dans le Temple où elles jouèrent à déplacer et détruire des objets. Mais Johanna décida de se confier à son amie.

— Demetra, maman dit que je suis en danger.

— Raconte-moi.

— Il y a une sorcière qui veut m'enlever mais je ne sais pas pourquoi.

— Quelle sorcière ?

— La Mère Première.

— Ta maman pense qu'elle veut t'enlever… Mais peut-être qu'elle se trompe.

— C'est déjà arrivé une fois, tu sais.

— Qu'est-ce que tu sais de la Mère Première ?

— Que c'est une méchante sorcière qui habitait ici avec plein de femmes. Des femmes qui avaient un phœnix sur le poignet. Et des monstres. Ici, c'était le château de la sorcière et elle a voulu m'emmener une fois.

— Mais elle n'est plus là maintenant et ce temple est à toi, non ? Moi je pense qu'elle t'en a fait cadeau. Elle t'a donné un endroit rien qu'à toi où tu peux t'amuser comme il te plaît.

— Pourquoi ?

— Je pense qu'elle t'aime beaucoup et qu'elle n'est pas si méchante que ta mère le dit. En vérité, je la connais et je t'assure qu'elle ne te veut aucun mal.

— Tu connais la sorcière ?

— Tu sais, toi aussi tu es en train de devenir une puissante sorcière.

— Comme elle ?

— Oui. Je pense que tu la rencontreras bientôt…

Johanna rumina les paroles de son amie pendant qu'elles jouaient, elle n'était pas rassurée malgré le discours de Demetra.

CHAPITRE 37

Les jours qui suivirent se ressemblèrent. Johanna avait besoin d'un peu d'espace mais Sonia ne lui en donnait plus. Elle-même ne s'accordait aucun répit dans la surveillance constante de sa fille. Le pire étant les journées d'école : ne pas l'avoir sous les yeux la terrifiait. Bien sûr elle avait menti à la fillette : Ambrosia pouvait très bien choisir de l'enlever en pleine journée. Après tout, elle était si puissante ! Sonia n'arrivait même plus à exercer son métier correctement, elle ne pouvait pas se concentrer pleinement sur ses patients. Les soirées avec Johanna pouvaient être tendues. La fillette voulait de plus en plus à échapper à l'emprise de sa mère mais c'était peine perdue. Alors qu'elle cherchait à tout prix à protéger sa fille, Sonia ne faisait que l'éloigner d'elle un peu plus chaque jour. Elle réussit à inviter Jean et Damien le même soir et put leur faire part des dernières nouvelles. Les deux hommes s'alarmèrent : eux aussi voulaient protéger Johanna. Les trois adultes ne voyaient pas que la petite brune avait besoin de respirer. Heureusement qu'elle pouvait s'échapper grâce au voyage astral pourtant formellement interdit. Elle revit Demetra plusieurs fois au Temple et celle-ci lui parla de la Mère Première, de sa puissance et de sa bienveillance envers les autres sorcières, surtout les plus jeunes. L'attitude de sa mère et le discours de Demetra étaient complètement contradictoires, Johanna en était confuse. Jusqu'à ce que Demetra lui propose de rencontrer la Mère Première en personne.

Johanna était toute excitée et apeurée à la fois. Demetra lui avait promis de lui présenter la Mère Première, lui avait juré que celle-ci n'avait rien contre elle. Bien que Johanna fasse toute confiance à son amie, elle ne pouvait s'empêcher d'être méfiante. La rencontre allait enfin avoir lieu.

Demetra mena Johanna dans la Salle Rouge. La fillette fut impressionnée par les dimensions de la pièce ronde, par ses murs et son plafond entièrement rouges mais surtout par l'imposante statue qui trônait au milieu. Demetra lui expliqua qu'elle représentait celle qui n'était pas son ennemie. Johanna avait peur et des larmes perlaient au coin de ses yeux. Demetra la prit dans ses bras et lui murmura des paroles réconfortantes, elle lui assura que la Mère

Première ne lui voulait aucun mal, au contraire. Les autres adultes ne le comprenaient simplement pas. Johanna se laissa aller contre son amie et se mit à pleurer toutes les larmes de son corps. Elle avait besoin de relâcher toute la tension accumulée ces derniers temps. Demetra la laissa pleurer tout son saoul puis s'écarta d'elle. Du bout des doigts, elle effaça les dernières larmes sur les joues de Johanna puis lui sourit. «Il est temps, glissa-t-elle, ferme les yeux». La fillette obéit de bonne grâce puis attendit. Demetra lui permit de regarder et Johanna eut un hoquet de stupeur. A côté de la statue, se dressait une femme en tout point identique. Sa taille était si démesurément fine dans sa grande robe blanche. Ses cheveux blonds touchaient le sol. Elle ressemblait à une princesse si ce n'est que son visage était caché derrière un masque blanc. La Mère Première porta ses longs doigts à son menton et révéla son visage. Il était sévère. Sa bouche était d'un rouge intense et ses yeux entièrement noirs. Elle sourit à Johanna mais son visage ne s'adoucît pas pour autant. La petite brune eut un mouvement de recul. L'apparition prit la parole d'une voix profonde et caverneuse.

— Johanna, je suis Ambrosia.

— Tu es la Mère Première ?

— Oui, c'est un autre de mes noms. Et sache que j'en ai de nombreux. Par exemple, je peux aussi m'appeler Demetra.

Le corps d'Ambrosia se mit à changer. Ses cheveux raccourcirent et changèrent de couleur, son corps se rapetissa, et quand sa transformation fut achevée, Johanna avait face à elle la jeune fille aux cheveux bleus. Celle-ci lui sourit.

— Alors qu'en penses-tu ?

— Tu es Demetra... murmura Johanna. Tu peux changer qui tu es, tu peux te transformer.

— Oui, j'ai plusieurs apparences. Celle-ci, je l'ai créée spécialement pour toi. Pour devenir ton amie. On est toujours amies, n'est-ce pas ?

— Oui, je crois, hésita Johanna.

— Tu me connais aussi sous une autre forme, reprit Demetra, regarde.

Demetra se métamorphosa et devint en un instant la Déesse Hibou. Johanna recula en gémissant. Le corps de de la Déesse était imposant, en particulier sa tête de hibou immense. Ses deux grands yeux jaunes fixaient la fillette. Une voix dans sa tête se mit à parler :

— Johanna, j'ai encore tellement de choses à t'apprendre. Tu as un très grand pouvoir. Il ne faut pas le gâcher.

— Un grand pouvoir ?

— Oui, tu es puissante mais toi et moi nous savons que ta Nathalie ne peut pas t'apprendre grand chose et que ta mère t'empêche de voyager. Avec moi, quel que soit mon avatar, tu pourrais t'amuser. Souviens-toi, au temple, comme nous rigolons bien toi et moi. Souviens-toi, quand je t'emmène dans de beaux paysages…

— Oui, c'est vrai.

— Alors, écoute-moi bien. Demain soir, je t'emmènerai avec moi en Ecosse. Je te poserai une question, je te demanderai de te joindre à moi.

— Ça veut dire quoi ?

— Cela veut dire que je serai ta professeure, que tu vas quitter ta maman quelques temps pour venir avec moi. Ce sera bien plus amusant que l'école, je t'assure. Il faudra me dire oui.

— Mais quitter maman…

— Oui, pour un temps.

— Combien de temps ?

— Nous verrons bien, selon toi. C'est toi qui décidera. En attendant, retourne dormir dans ton lit douillet et demain soir, je viendrai te chercher.

CHAPITRE 38

Nathalie appela Sonia dans la soirée du 31 octobre. Sonia n'avait pas quitté sa fille de la journée et avait été soulagée que cette date funeste tombe un dimanche. Pendant la sieste de Johanna, sa mère était restée lire dans sa chambre afin de l'avoir à l'œil, même si elle dormait. Mère et fille étaient épuisées par la tension accumulée. Elles se parlaient à peine. Nathalie tenta en vain de rassurer la psychologue et lui demanda de continuer à veiller sur Johanna. Le matin même elle avait jeté un sort de protection sur la petite fille. En plus du talisman qu'elle portait, cela devait la protéger d'Ambrosia. Sonia parla quelques minutes avec la sorcière tout en regardant sa fille dîner puis raccrocha. Elle accompagna Johanna à la salle de bain puis dans sa chambre. La jeune femme s'installa avec elle dans son lit pour lui raconter une histoire et resta jusqu'à ce qu'elle s'endorme.

En Ecosse, Roy approchait de la clairière. Nathalie et Alicia, main dans la main, à Paris, voyaient à travers ses yeux. L'air était humide et froid, la nuit était claire et calme. Roy se cacha derrière des arbres et attendit. Enfin, des femmes commencèrent à arriver et à se placer en cercle. Elles étaient une vingtaine, de tout âge, vêtues de grandes capes chaudes d'un vert sombre. Quand Moira Abbes apparut, le front serti d'un diadème en forme de grandes ailes, les adeptes s'agenouillèrent. Il n'y avait pas un bruit, hormis celui d'oiseaux nocturnes. La prêtresse se plaça au centre de la clairière, près d'un grand tas de bois qui prit feu quand elle claqua des doigts. Alors les femmes se relevèrent. Moira prit la parole dans un écossais que Nathalie et Alicia eurent du mal à comprendre. La prêtresse en appelait à la Déesse Hibou et aux forces de la forêt. Elle invoquait sa déesse, lui promettant son âme ainsi que celle de ses sœurs. Celles-ci reprirent en chœur certaines incantations. La scène dura plus d'une demi-heure. Deux jeunes filles jetaient dans le feu des herbes odorantes. Nathalie en reconnut quelques-unes et cela ne fit que confirmer ses craintes. Le rituel était un piège pour attirer Johanna. Il fallait qu'elle la contacte à tout prix. Elle brisa le lien avec Roy après l'avoir averti puis expliqua ce qu'elle allait faire à Alicia. Nathalie ferma les yeux et se concentra quelques minutes. Sa respiration ralentit, ainsi que les battements de son cœur. Son double astral quitta son corps et fut aspiré vers le ciel étoilé. Nathalie tenta de rejoindre

Johanna mais en vain. Elle se heurta à une barrière invisible qui lui fit comme un choc électrique. Le corps de la femme frissonna sous l'effet. Alicia le remarqua et essaya de faire revenir sa femme mais sans succès.

Nathalie fit plusieurs tentatives pour contacter Johanna mais la barrière était toujours là, l'empêchant d'aller plus loin. La sorcière décida de réintégrer son corps mais une autre barrière avait été dressée. Elle était coincée. Nathalie hurla de rage et décida de confronter Ambrosia. Elle l'appela, l'insulta jusqu'à en avoir mal à la gorge. Pendant ce temps, son corps inerte était allongé sur le parquet de son appartement. Alicia la secouait par les épaules en pleurant. Enfin, une voix caverneuse répondit à Nathalie. Elle ne fit que rire, rire et rire encore. La sorcière voulut se boucher les oreilles mais la voix d'Ambrosia résonnait dans sa tête. Soudain une douleur lui vrilla la tempe droite, puis la gauche. Comme si on lui insérait une seringue dans la tête. Les piqûres se multiplièrent sur toute sa boîte crânienne jusqu'à la faire pleurer. Nathalie porta ses mains à sa tête, son cuir chevelu était en sang. Impossible ! Son double astral ne pouvait être attaqué pshysiquement ! Elle sentit un craquement près de son oreille droite comme si les os de sa tête étaient en train de se fissurer. Elle cria. Ses oreilles étaient douloureuses et se mirent à saigner. Ses yeux étaient brûlants et saignèrent à leur tour. Ambrosia la détruisait via son double astral. Alicia secouait le corps de sa femme tout en l'appelant. La bouche de Nathalie était légèrement ouverte, de la bave s'en écoulait doucement. Les larmes d'Alicia inondaient son visage.

Johanna se réveilla et vit Demetra au pied de son lit. La petite fille aux cheveux bleus lui sourit et hocha la tête comme pour lui dire qu'il était temps d'entamer son voyage astral. La fillette hésita quelques instants, regardant sa mère qui somnolait près d'elle. Finalement, elle referma les yeux et se laissa aspirer jusqu'à ce que son double apparaisse en Ecosse. Elle se laissa porter dans l'air froid de la clairière jusqu'au grand feu. Personne ne la vit sauf Moira Abbes qui lui sourit à son tour et d'un geste, l'invita à s'approcher d'elle. Johanna hésita. Elle se souvenait du meurtre du jeune homme qu'avait commis la prêtresse. Cette femme était dangereuse. Soudain l'air se réchauffa, les oiseaux se turent. Toutes les femmes, y compris Moira, s'agenouillèrent et regardèrent le sol.

Dans un silence assourdissant, la Déesse Hibou apparut. Sa tête d'animal était massive sur son corps de femme. Vêtue d'une robe de plumes ocres, elle s'avança aux côtés de Moira. Celle-ci se releva mais garda les yeux baissés, en signe de déférence, jusqu'à ce que sa déesse lui permette de lever le regard. Moira parla alors à ses adeptes qui se remirent debout et louèrent la Déesse Hibou. Les cris de joie résonnèrent dans la clairière. La scène se déroulait sous les yeux de Roy, terrifié.

A Aurac, Sonia se réveilla et se massa le cou. Elle s'était endormie dans un fauteuil, près du lit de sa fille. La chambre était plongée dans l'obscurité. La jeune femme alluma la lampe de chevet et eut un mouvement de recul. Johanna dormait paisiblement mais son corps devenait translucide. Sonia essaya de réveiller sa fille mais celle-ci ne bougea pas d'un centimètre. Elle disparaissait sous les yeux de sa mère impuissante.

CHAPITRE 39

En Ecosse, le double astral de Johanna prenait de plus en plus de consistance et apparaissait aux yeux de toute l'assemblée. Roy essaya de joindre Alicia par téléphone mais en vain. Près de l'impérieuse créature-hibou, Johanna était là. A Paris, Alicia secouait Nathalie par les épaules, la giflait même.

— Nathalie, ma douce, reviens, je t'en prie ! Reviens ! Nathalie, tu m'entends ? Tu m'entends ?

— Alicia... murmura Nathalie. C'est... trop tard…

— Nathalie, reviens, s'il-te-plaît.

— Trop tard... Je... Ma tête... J'ai si mal...

— Ça va aller, je te promets, je vais t'aider.

— Non, elle a gagné. Je...

Mais Nathalie ne put finir sa phrase. Ses yeux s'ouvrirent et Alicia fut marqué par son regard vide comme si toute vie avait déserté sa femme. Pourtant elle était bien là, vivante. Elle se redressa sur ses coudes et planta son regard mort dans celui d'Alicia. Elle pencha la tête de côté comme si elle se posait des questions puis elle ouvrit la bouche mais aucun son n'en sortit. Seule sa langue pendait légèrement. Elle avait perdu la raison.

A des centaines de kilomètres de là, Sonia voyait le corps de sa fille devenir transparent. Elle se précipita sur son téléphone et appela Nathalie mais personne ne décrocha. De même pour Alicia. La jeune femme était seule face à l'impossible et son impuissance la terrifiait. Elle était en train de perdre sa fille. Elle essaya de lui prendre la main mais ne rencontra que du vide. Elle cria et des larmes se mirent à couleur le long de ses joues.

« Johanna ! Poussin ! Reste avec moi, je t'en supplie, reste avec moi ! »

Mais Johanna ne l'entendait pas. Le sort de la Déesse Hibou l'amenait doucement en Ecosse, à ses côtés. Johanna ne pouvait pas résister, le talisman comme le sort de Nathalie étaient impuissants face aux pouvoirs d'Ambrosia. Quand son corps disparut enfin d'Aurac et apparut pleinement dans la clairière écossaise, un grand silence régna, comme si le monde entier retenait son souffle. La Déesse Hibou ouvrit ses larges ailes pour accueillir la petite fille. Celle-ci fit un pas en avant, puis un autre. Johanna se tenait maintenant devant la déesse et affrontait ses grands yeux jaunes. Elle referma ses ailes sur la fillette et d'un seul coup, elles disparurent. Alors les adeptes se mirent à hurler de joie, à chanter et à danser. Les oiseaux nocturnes participèrent aux festivités et le brasier brilla de plus belle dans la nuit. Roy s'enfuit.

A Aurac, Sonia était agenouillée au pied du lit vide de sa fille et pleurait toutes les larmes de son corps.

EPILOGUE

Sonia sortit du commissariat soutenue par Jean. Elle se moucha bruyamment et sanglota. La jeune femme venait de signaler la disparition de Johanna. Damien l'avait épaulée, lui soufflant quoi faire, quoi dire afin que l'affaire soit rapidement classée. Mieux valait ne pas faire de vagues.

Les deux hommes l'accompagnèrent dans un bar non loin de là et commandèrent des cafés. Alicia avait pu joindre Sonia et tout lui expliquer. Le piège tendu par Ambrosia avait fonctionné. Les pouvoirs de Johanna allaient désormais servir la Mère Première. Le culte de la Déesse Hibou allait sans doute de nouveau rentrer en sommeil. Nathalie avait été admise à l'hôpital, le temps que les médecins concluent à un choc qui l'avait rendu folle.

Sonia but son café en silence. Dans sa tête, la sinistre scène se jouait encore et encore. Elle voyait le corps de sa fille devenir de plus en plus translucide jusqu'à disparaître complètement. Il avait fallu mentir à Franck et affronter sa colère. Le père de Johanna s'était empressé d'accuser son ex-femme de négligence. Sonia avait encaissé les coups sans mot dire. Quand elle reposa sa tasse, Jean demanda immédiatement un nouveau café. Sonia esquissa un timide sourire pour le remercier. Elle culpabilisait. Sa tête lui faisait un mal de chien constamment, elle sentait un poids sur son estomac à chaque minute. Et l'appartement vide... Elle dormait dans le lit de sa fille malgré l'inconfort. Chanel ne quittait pas la chambre de la petite comme si elle attendait qu'elle réapparaisse à n'importe quel moment. Il lui arrivait de miauler dans le vide pendant plusieurs minutes puis de renifler les quatre coins de la pièce.

Sonia but son deuxième café et ravala un sanglot. Jean lui prit la main et la serra doucement. Elle se laissa faire.

Le week-end suivant, elle accompagna Jean à Paris à contrecoeur. Celui-ci devait visiter plusieurs appartements. Il avait proposé à Sonia de s'installer avec lui quelques temps mais elle avait refusé. Il fallait qu'elle reste chez elle, au cas où Johanna reviendrait. Ils déjeunèrent chez Alicia et rendirent visite à Nathalie hospitalisée dans une clinique chic de la banlieue parisienne. Assise dans sa chambre, le regard tourné vers la fenêtre, la sorcière ne disait rien. Elle regarda ses visiteurs avec attention, voire curiosité, leur sourit même mais fut incapable de les reconnaître ni de tenir une conversation. De temps en temps, elle disait des phrases sans aucun sens, des suites de mot dans une langue ou dans une autre. Ses pouvoirs n'avaient pas fait le poids face à la cruauté d'Ambrosia.

Dans le jardin de la clinique, Alicia, Sonia, Damien et Jean se promenèrent sans dire un mot. Quand ils se séparèrent, Sonia repensa au rituel de protection qu'avait mené Nathalie dans les Pyrénées. Leur cercle était définitivement brisé.

Table des matières